河出文庫

退屈論

小谷野敦

河出書房新社

退屈論　目次

退屈論

表記について

年号については、一九七〇年以降は元号はあまり意味をもたないと考えるので西暦のみとする。また「シナ」という表現を不審に思う方は、中嶋嶺雄編『歴史の嘘を見破る』（文春新書）所収の拙論を参照されたい。また一般に「藝」の略字として用いられる「芸」は、「ウン」と読む本来別の字なので、藝の代用としては用いない。

「退屈学」事始め

　もう七年も前のことになってしまったが、宗教学者・植島啓司《うえしまけいじ》の「快楽は悪か」という題のエッセイが『朝日新聞』に連載されていた（正確には「植島啓司が問う快楽は悪か」。現在、『快楽は悪か』の題で朝日文庫）。最初のころは、スポーツの話が多くて、相撲以外のスポーツに興味のない私にはあまり面白くなかったのだが、最後のほうで、十九世紀の特異なユートピア思想家フーリエの話が出てきたり、『O嬢の物語』の著者の話が出てきたりして、面白くなった。その後、古本屋でフーリエの『四運動《よんうんどう》の理論』の上下揃《そろ》いを見つけ、興奮して買ってきたのだが、読んで、まあ驚いた。ほとんど狂人である。植島によれば、フーリエ思想の全貌《ぜんぼう》が明らかになったのは一九二六年のことだという。そして、フーリエの理想とする社会は、「すべてのひとがすべての相手とセックス可能な社会」だという。そして結婚こそ、偽善でありエゴイズムの極致だとされる。もちろん、『四運動の理論』にはそういうことが書いてあるのだが、それを実践するためのコミューンの構想が、実にこと細かで、やはり一種の誇大妄想としか思えない。もちろん「快楽は悪か」と題されたエッセイを書く植島は、このフーリエに評価を与える。そして、その回はこう結ばれている。

恋愛の自由、美食、のんきな暮らし、官能的快楽、熱狂は、社会の根幹を揺るがす「悪徳」とされてきた。人々に自由と平等を与える代わりに、個人の放埒、奢侈、過剰な欲望は抑え込まれることになったのである。果たしてそれでよかったのかどうか。（後略）

ところがこの二回あとで、植島とある女性の対話という形で、女性が「あれって、やっぱりもてる人の考え方じゃないかって気がするの」と言いだす。おっ。面白くなってきた。女性は続ける。「結婚を否定するってことは、要するに、弱肉強食ということでしょ」。ふむふむ。「なんだか男の勝手な論理って気がしない？」。うひゃあ。

違うだろ。「もてる男女の勝手な論理」だろう。「もてる人」がいつの間にか「男」にすり替わっているあたりが、植島自身が「もてる男」であることを如実に物語っている。

しかし、それは別の話である。たとえば社会学者の宮台真司は、「人生に意味はない」と言い、ニーチェに依拠しつつ「意味ではなく強度を求めろ」などと言っていた。実はこの「強度」というのがよく分からなかったのだが、要するに「祭儀」とか「快楽」のことらしい。快楽、欲望といったものを肯定せよ、と言った思想家は、何人かいる。日本では明治時代に、高山樗牛《ちょぎゅう》という若い論客がそういうことを唱えて、若者たちのカリスマになった。西洋ではD・H・ロレンスという作家が、恋愛や性欲の解放を唱え、さらにフロイトの弟子のヴィルヘルム・ライヒが、性欲の抑圧こそが諸悪の根源だみたいなことを言いだした。これらは、英国のヴィクトリア時代とか、それに準ずるキリスト教諸国の禁欲的な文明への抵抗として生まれたものなのだが、ほかにはたとえばヘルベルト・マルクーゼが『エロス的人間』（邦訳題は『エロス的文明』）という本でエロスの大切さを説いたし、ヨハン・ホイジンガは、『ホモ・ルーデンス』で、遊びこそが文化である、十九世紀という時代はあまりにも「まじめ」に傾きすぎた、と非難した。

いっぽう、米国の文藝批評家ライオネル・トリリングは『〈誠実〉と〈ほんもの〉』

という優れた本で、十八世紀から十九世紀の西洋における、「ほんもの」という価値観の誕生を論じた。「ほんものの愛」などという考え方は、このころできたのである。ところでその本に、面白いことが書いてある。それは、マルクーゼの前記の本を批評した部分で、トリリングは、『エロス的人間』の最後のほうでマルクーゼの文章は論旨が乱れている、と言い、それは、禁欲や規律・訓練（ディシプリン）こそが、マルクーゼの理想とする陰影に富んだエロス的な人間を作る、という、マルクーゼの認めたくない結論が浮上してきたからだという。

しかし、それもまた、別の話である。私が言いたいのは、「遊びが大切だ」とか「快楽を肯定せよ」とか言われると、もうごく単純な疑問が湧いてくる、ということなのである。それはつまり、

「飽きないか」

ということなのだ。

小佐田定雄《おさだ さだお》という作家が作り、故・桂枝雀師匠が口演していた「茶漬けえんま」という新作落語がある。題名が示すとおり、ある男が地獄へ行って閻魔《えんま》に会う、という筋なのだが、その中で閻魔が、酒と女でどんちゃん騒ぎをやっている連中を見せる場面がある。男は、なんで地獄なのにあんな楽しみがあるのか、と問う。すると、閻魔は答える。私なりに敷衍《ふえん》すると、快楽というものは、つまらない状態からおもしろい

状態へ移行するから快楽なのであり、すると次にはもっと強い快楽を求めるようになり、それが無限に続くことになる。これが、「無限地獄」じゃ、と閻魔は言うのだ。これは、無間地獄に掛けた言い方である。この部分は、小佐田の台本にもともとあったものなのだろうか。私には、どうも、枝雀師匠が自分で付け加えた部分ではないかと思えてならない。というのは、枝雀師匠は、まさに「飽きっぽい」ひとだったからである。落語の新しい演出を考えても、何度かやるうちに飽きてしまい、また新しい演出を考える。だから枝雀師匠の落語は、どんどん演出が変わっていった。「無限地獄」に苦しんでいたのは、師匠自身なのだ。

しかし、枝雀師匠が特別飽きっぽい人だとしても、やはり、快楽の追求は、エスカレートする傾向を持っている。中学生のころは、単なるアイドルの写真で興奮できた男も、高校生になるとヌード写真でなければダメになり、大学生になるとアダルトヴィデオでなければならなくなる。そのアダルトヴィデオも、普通のものでは興奮できなくなり、変態的なものへと進む。現実のセックスだってそうであって、初めてセックスする時は激しい高揚を覚えても、繰り返すうちに飽きてきて、変態的なプレイに走ったり、三人でやったり、遂《つい》には麻薬に手を出したり乱交パーティーをやったりする。それだっていずれは飽きるだろう。

たとえば結婚して、一人の女としかセックスできない、となれば、多くの男は不満を感じるだろうが、ではフーリエが言うように、手当たり次第に好みの女性とベッドインできる社会ができたとしたら、最初は嬉《うれ》しいかもしれないが、そのうち飽きるだろう。つまりセックスそのものに飽き、女性への興味のようなものも薄れるのではあるまいか。なかなかできないことができるから嬉しいのであって、簡単にできるようなことには、人は面白さを感じないものなのである。

実は私は、きわめて趣味の乏しい人間である。しかし、かなり長い間、テレビゲーム中毒だった。大学二年生のころからだが、学校やアルバイトの帰りに、ゲームセンターへ寄るのが常で、一時は、ゲームセンターが近づいてくると、早くやりたくて小走りになるほどだった。留学した時も、学内にあったゲームセンター（「アーケード」と呼ばれる）でたびたび夢中になって時間を潰《つぶ》した。実のところ、金は出ていくし目には悪いし、やはり精神衛生上良くないのではないかと恐れていたのだが、十年ほど経った時、まるで憑《つ》き物が落ちたように、「飽きて」しまったのである。それはほとんど「突然」という感じで、おや、おかしいな、面白くないぞ、と思いつつ何度かゲームセンターへ行ってみたのだが、どうしてもかつての興奮は戻ってこなかった。いざそうなってみると、ストレス解消法をなくしたような気がして、それから半年ほどして、無理やりのめり込んでみようとしたこともあったのだが、ダメだった。

宮台の「強度」に対して、対談相手の宮崎哲弥が、端的に、飽きませんか、と訊《き》いているのを雑誌で読んだことがある。宮台は、いや、昔の快楽を思い出すということがあるから何とかなると思う、と答えていたが、どうも歯切れがよくなかった。

しかし、実のところ、たいていの人間、というより、「男」は、「出世」を楽しみに生きているのである。私が大学生のころ、喫茶店で男女数人で話していて、生きる目的というのは何だろう、というような話になった時、ある男が、会社へ入って出世するのが目的だ、と言った。この男の先輩に当たる男が、やや驚いた様子で、え、それだけが楽しみなの、と訊いたら、ほかに何の楽しみがあるんですか、と反問されて、一同しーんとなってしまった。こういう人のことは、「可哀相《かわいそう》な人だ」などと陰で言うのだろう。植島は、快楽を追求するのが悪だと思われている、と思っていて、その快楽というのは、セックスとか競馬とか麻雀とかそういうものだと思っているらしいが、実は、たいがいの男にとっては、出世が最大の楽しみなのである（その望みがなくなってからはともかく、若いころは）。

ところが、唱歌「仰げば尊し」の中に、「身を立て名を挙げやよ励めよ」とあり、福沢諭吉は明治初期に、これからの時代は実力主義の時代になるから、学問をせよ、と説いた。ところが、いつの間にか、「出世だけが楽しみ」と口にすることは、何やら俗物めいた、人生の真の楽しみを知らない人のように思われるという風潮ができあがっていたのである。かといって、現実に「出世」すれば、やっぱり人はちやほやするし、男なら、女が寄ってくるのだから、要するにあまり正直に出世願望をあらわにしてはいけないらしいのである。例外的にスポーツの世界では、相撲の新弟子は、横綱を目指しているとか言えるし、オリンピック選手は優勝したいと口にする。

しかし、会社とかその他の組織での「出世願望」をあまりにあらわに口にすると、お前にはそれしか楽しみがないのか、愛する人と幸せな家庭を作りたいとか思わないのか、などと非難を浴びることになる。だからむしろ「出世願望は悪か」なのである。たぶんこういう風潮は、戦後民主主義と、学生運動のあたりで形成されたものだろう。そういう意味で言うと、「逃げろや逃げろ」と言った浅田彰も、やはりフーリエ主義的な人だった中沢新一も植島も、「戦後」の子なのである。で、「遊べ」だの「逃げろ」だのと言いつつ、自分では着々と大学教授への道を歩んでいるというので陰口を言われることになる。

「遊び」とか「快楽」とかいうのは、「目的」性を持たないものである。二十世紀の思想は、フロイト以後、こういう十九世紀的な目的性の転覆を図るものがほとんどだった。しかし、目的性を持たない快楽とか遊びとかいうのは、「飽きる」のである。ユングの弟子のフォン＝フランツが、退屈するというのは人生を真に生きていないからであり、これを逃れるためには「仕事」をせよ、と言っている。心理学というより自己啓発書である。少なくとも近代社会では、黙々と仕事をするだけといった無目的的な生き方というのは難しいのである。ただし、「出世」を楽しみにしてしまうと、もともと出世の望めないような人とか、自分の限界が見えてきた人とかは辛い。後者は、だいたい四十歳前後に明らかになるから、「フォーティーズ・クライシス」になるのである。

これに対し、徳川時代は基本的に門閥制であり身分制だから、武士ならだいたい自分の親の職を継ぐだけだし、ごく一握りの才能の持ち主が出世しただけで、庶民に至っては大工なら大工、豆腐屋なら豆腐屋、農民なら農民で一生を終わったではないか、と言われるだろう。そんな中で、人は何を楽しみに生きていたというのか。

これに対して、「祭りだ」と答える人がいるだろう。あるいは、もっと高尚な言い方をすると、祝祭。これはやはり一九八〇年前後に、栗本慎一郎のような人がさかんに説いていたことで、人間というのは日常、つまり「ケ」だけではやっていけないから、「ハレ」である祭り、祝祭をやるのである、と。そこではそれこそ古代の筑波山の歌垣《うたがき》のように、あるいはリオのカーニヴァルのように、性的無秩序が許されたり、ケイオティック（カオス的）なエネルギーが解放されたりする。宮台が「強度」と言っているのも、ここで発現するものである。

しかし、本当にそうなのだろうか。あの当時は、栗本や山口昌男の影響で、みんなふた言目には祝祭祝祭と言っていたが、一九九七年、劇作家の平田オリザが『都市に祝祭はいらない』という本を出した。基本的には演劇論なのだが、現在の都市というのは日常的に祝祭になってしまっている、と平田は論じていたのだ。そうかねえ。学生なんかには、そうかもしれない。けれど、社会人になったら、日常的に祝祭ということは、ないんじゃないか。ストレスの大きい社会人は、たいてい、仕事のあとで飲みに行ったり、カラオケに行ったりする。だからそれが祝祭で、昼は仕事、夜は祝祭、ということになるのだろうか。それがひどくなるとアル中になったりするということか。それが、麻雀になったり、競馬になったり、ゴルフになったりするんだろうが、さて。やっぱり、飽きないだろうか。

実は、八〇年代以降の日本で、この点に関して、宮台や平田よりずっと優れた考察をした人がいる。劇作家の鴻上尚史《こうかみしょうじ》である。鴻上の代表作『朝日のような夕日をつれて』は、ベケットの『ゴドーを待ちながら』のパロディーだとか、サルトルとかニーチェの名前をギャグに使ったとか、見当違いの批評もされたし、評価する方も、最後に四人の男が斜めの舞台に立って台詞《せりふ》を朗誦《ろうしょう》するのがかっこいいとか言っていたものだが、これはまさに「退屈」に関する芝居だったのである。いちおう「物語」としては、おもちゃ会社を舞台に、どういうおもちゃが売れるかをマーケティングするというものなのだが、まさにおもちゃというのは、「遊び」の道具であり、「退屈」を紛らす道具である。鴻上は、さまざまなおもちゃが開発されて、しかし人々はそれに飽きてしまい、さてどうしたものか、という状況を設定した。そこで鴻上は、おもちゃというのはあまり「意味」があってはいけないが、まったく「意味」がなくてもいけない、と言わせ、「究極のおもちゃ」を出してくるのである。それは、

「赤ちゃん」

だった。意味があるようでないもの、それが赤ちゃんだというのだ。と言えばひとは、数年前凄《すさ》まじい流行を見せた「たまごっち」を思い出すだろう。あのおもちゃは、元来三百円程度のものなのに、私が入手した時は三千円という値段になっていた。つまり、「育てる」ということに、人々がいかに喜びを見いだしたか、ということだ。もっとも、たまごっちは余りにすぐに死んでしまうし、構造が単純すぎるので、すぐ飽きられた。しかし、既に、パソコン画面上でではあるが、より精巧な成育型おもちゃは作られているし、将来、より高度なものが作られる可能性はある。

「ケ」と「ハレ」というのは、循環的な時間の観念である。ユダヤ－キリスト教では、アダムとイヴから最後の審判までという直線的な時間観念があり、輪廻転生《りんねてんしょう》の思想を持つ仏教には循環的な時間観念がある、などと言われる。しかし、西洋にだって祝祭はあるし、一年というのは循環するものだ。同じように、東洋にだって直線的な時間観念はあるのではないか。循環的な時間と、直線的な時間とが絡み合ってこそ、人間は生きていけるのではあるまいか。そこで、こう考えたのである。前近代の人間は、

まず、大人になって、結婚する。今でもそうだが、退屈というのは、大人になってからやってくるものだ（ろう）。しかしその次に、出産、育児、という過程が来る。これは、先に述べたとおり、意味があるようでない。昔の人は多産だったから、次々と子供を産み、その成長に一喜一憂しながら生きた。そして、最後の子供が成人するころ、死の準備をしたのではないか。そう考えるほか、前近代の人間が退屈に苦しまなかった理由というのが説明できない。むろん、何らかの理由で子供を作れなかった人もいただろうが、そういう場合には、養子を取った。都市民なら、生涯独身でも、いろいろ遊興の道があった。遊興といっても、女郎《じょろう》買いか博奕《ばくち》である。

これに対して、子育てなんて、大変なばかりで、ちっとも「楽しく」なんかない、と言う女の人がいるかもしれない。しかしそれは要するに、子供に対する親や社会の期待の水準がものすごく高くなってしまったからなのである。当然ながら、昔の農民の子供は、学校なんか行かなかった。もちろん、病死率も高かったろう。わやわや言いながら、雑に子育てしていたのである。近代人に不幸があるとすれば、人生への期待度があまりに高くなってしまったことから来る不満だろう。親の決めた結婚とか、一時の勢いでの結婚に比べて、真剣に考えた恋愛結婚なら幸せになれるだろう、と思ったあたりが、近代人の大きな間違いである。

とはいえ、前近代に戻せ、とは私には言えない。しかし、この、大勢の子供を産んで育てるというのは、優れた「人生への退屈」を回避するシステムだったのではないか。日本人の間で、一人の女性が産む子供の数が減っていったのは、昭和三十年ころからである。それは、子供の質を高めたい、より入念に育てたい、という動機からであろうし、政府の指導する産児制限の結果でもあるだろう。それも、「高度経済成長」という、個々人の生活の質が日々向上するという時代の中でこそ可能だった。が、それも終わり、いま人々は、「退屈」をどうしたらいいのか、という問題で途方に暮れている。おそらく、鬱病《うつびょう》とか不安神経症とかいう病が増えているとしたら、その根源には、この退屈から来る人生の意味の見失いがある。

いまここで、どうしたらいいのか、ということは言えない。けれど、今こそ、「退屈」について、真剣に考えなければならないのではないか。

なお、手早く結論を知りたいという読者は、第四章、第七章を先に読むことをお勧めする。

第一章 「退屈」の諸相

森鷗外の「カズイスチカ」(明治四十四＝一九一一)という短編に、こんな一節がある。「花房《はなぶさ》学士」というのは、父親の業を継いだ医者である。

花房学士は何かしたい事若《も》しくはする筈《はず》の事があって、それをせずに姑《しばら》く病人を見ているという心持である。それだから、同じ病人を見ても、平凡な病だとつまらなく思う。Intéressant《エントレッサン》の病症でなくては厭《あ》き足らなく思う。又偶々所謂《たまたまいわゆる》興味ある病症を見ても、それを研究して書いて置いて、業績として公《おおやけ》にしようとも思わなかった。勿論《もちろん》発見も発明も出来るならしようとは思うが、それを生活の目的だとは思わない。始終何か更にしたい事、する筈の事があるように思っている。しかしそのしたい事、する筈の事はなんだか分からない。（中略）それが病人を見る時ばかりではない。何をしていても同じ事で、これをしてしまって、片付けて置いて、それからというような考をしている。それからどうするのだか分からない。
そして花房はその分からない或物が何物だということを、強《し》いて分からせようともしなかった。（中略）
しかしこの或物が父に無いということだけは、花房も疾《と》っくに気が付いて、初めは父がつまらない、内容の無い生活をしているように思って、それは老人だからだ、老人のつまらないのは当然だと思った。そのうち、熊沢蕃山《くまざわばんざん》の書いたものを読んでいると、志を得て天下国家を事とするのも道を行うのであるが、平生顔を洗ったり髪《くしけず》を梳ったりするのも道を行うのであるという意味の事が書いてあった。花房はそれを見て、父の平生《へいぜい》を考えて見ると、自分が遠い向うに或物を望んで、目前の事を好《い》い加減に済ませて行くのに反して、父はつまらない日常の事にも全幅の精神を傾注しているということに気が附いた。（中略）
実際花房の気の付いた通りに、翁の及び難いところはここに存《ぞん》じていたのである。（引用は新潮文庫『山椒太夫・高瀬舟』より）

「カズイスチカ」とは、患者に関する臨床記録を意味するラテン語である。鷗外がこの作品を発表したのは四十九歳の時だから、当時で言えば既に老境に差しかかっている（夏目漱石は四十九歳で死んでいる）。この小説には、破傷風の患者が登場したり、未亡人の腹の膨《ふく》れたのが診療に来たりして、少花房が妊娠だと見ぬくという落ちがついている。しかし、この一編の作意は、いま引用した部分に違いない。

実は私がこの作を初めて読んだのは小学生のころで、といっても鷗外を目当てに本を読むほどませていたわけではなくて、これは新潮文庫の『山椒太夫・高瀬舟』という短編集に入っており、「安寿《あんじゅ》と厨子王《ずしおう》」の原作だと思っていた（実際は違う。中世の説経節「さんせう太夫」がそもそもの原作である）「山椒太夫」を読みたくて、初めて文庫本というものを買ったのがこれだったのだが、「山椒太夫」はともかく、それ以外の短編はなかなかに難しく、ぼつぼつ拾い読みしていたのを覚えている。だから、「カズイスチカ」の引用箇所が私に引っかかってきたのは、大学院へ入ったころのことだ。この一節は、「退屈」ということの意味を中心を射抜くように言い当てている。

「退屈」そのものなら、子供でもする。日曜日や夏休み、家のなかにいて何もすることがない時、子供は、退屈だよー、と母親に訴えたりする。それでも、子供の退屈は、高が知れていると言うべきかもしれない。月曜日が来れば、あるいは二学期が始まれば、また学校へ行って、楽しいことや面倒なことに出遭うだろうからだ。ほんとうに恐ろしい「退屈」は、大人になってから訪れる。

子供と大人では時間感覚が違うことは、誰でも知っている。子供時代には、一年といったら長大な、自分の身の上にも大きな変化が訪れるほどの時間だった。しかし大人になると、一年はさほどの変化を身辺にもたらさない。それでも、大学卒業、就職、結婚といった節目となるべき事件があればまだいいが、その数はそう多くはない。毎日電車に乗って通勤し、同じ電車で帰ってくる。毎日似たような仕事が続く。これをルーティン・ワークという。そのような「反復」に、人は飽きる。人生は次第に味わいを失っていく。しかし中には、最初から老花房のような態度を身につけている人もいるだろう。たとえば豆腐を作ることに毎日専念している人、客の整髪に専念している人たちは、そうかもしれない。かえって少花房のようなインテリに、この「退屈の病」とも言うべきものはより多く襲いかかるのかもしれない。

日本には、既に十四世紀、『徒然草《つれづれぐさ》』を書いて「徒然」という言葉で退屈を表現した兼好法師がいる。しかし、その辺のことは後回しにして、まず近代日本における退屈に焦点を当ててみたい。日本近代の文藝・思想史における一大転換点は、日露戦争だった。この戦争は、明治維新、廃藩置県という大変革と、西洋の思想、文化が流入する文明開化という激変が、いくつもの要因のからまりあいのうちに、近隣諸国との戦争という道を辿《たど》り、一段落したものであり、その戦後処理が、二十数年後の大陸への進出へと繋がっていくのだが、たとえば夏目漱石は明治維新の前年の生まれである。そして、多くの明治期の文学者は、漱石より五歳年長の鷗外を含め、維新の時には子供だったか生まれていなかった。その漱石が三十七歳になり、ようやく小説家として名を成しはじめたころ、日露戦争が起こる。そして日露戦争後の文学は、一種の戦後文学だと言われている。

たとえば、昭和の敗戦の痛手から立ち直った一九六〇年前後からの日本人が、一方では政治をめぐる紛争があり、テクノロジーの目ざましい進展と物資の豊富があって、明日が今日とは確実に違う日であることを前提としていられたのと同じように、明治四十年頃までは、今まで閉ざされていた西洋の文物とテクノロジーが流入した、やはり同じような「熱い《ホットな》」社会だった。だが、一通り西洋の思想や流儀が入り込んでしまうと、社会は停滞し始める。その停滞を象徴するかのように書かれたのが、明治四十年の田山花袋の『蒲団』だったのではないか。『蒲団』の冒頭近くには、こんな一節がある。

今より三年前、三人目の子も細君の腹に出来て、新婚の快楽などはとうに覚め尽した頃であつた。世の中の忙しい事業も意味がなく、一生作《ライフウオーク》に力を尽す勇気もなく、日常の生活——朝起きて、出勤して、午後四時に帰つて来て、同じやうに細君の顔を見て、飯を食つて眠るといふ単調なる生活につく〴〵倦き果て、了つた。（引用は筑摩書房『明治の文学　田山花袋』より）

『蒲団』は、日本の「自然主義」というものの方向性を決定づけた、とされている。西洋の自然主義が、同時代の社会をパノラマ的に描き、その真実を抉《えぐ》りだすものだったのに対し、片々たる日常を描くものとしての自然主義・私小説の方向性が定まってしまったというのが通説だ。

『蒲団』については多くのことが言われている。最近では、柄谷行人が『日本近代文学の起源』（講談社文芸文庫）に書いた、ここでは「性」が「告白」されている、というのが定説のようになっているが、私は「性」というより「感傷」ではないか、と論じた（『〈男の恋〉の文学史』朝日選書）。けれど、今こうして見ると、花袋はその一方で「退屈」を発見したのである。

明治日本は「恋愛」を発見したと言われる。しかし、この言い方は大げさであって、事態はもう少しややこしい。正確に言えば、十八世紀西欧で発生し、中産階級の間で一般化していった「恋愛結婚」という思想が、豪農・豪商・武家といった中産階級出身の明治期の若者たちを魅惑した、ということである。さらに、平安朝文藝を見れば分かるように、前近代日本でも、「恋愛」に相当する感情や行動は存在したのだ。それは、室町時代の物語類にも、下って徳川期の「お夏清十郎」や「八百屋お七」物語に見られるように、継続して存在していた。だが、徳川後期になって、「恋」という言葉が、もっぱら都市における娼婦《しょうふ》との交情に使われるようになっていったため、素人娘との交情が、表現されるべきこととも、推奨されるべきこととも考えられなくなっていたのだ(1)。

そして明治中期の知識階級の青年たちは、少しは教養もある素人娘との「恋愛」という思想に鼓舞された。ところが、「恋愛結婚」はしたものの、経済的基盤が整っていなかったためにたちまち破綻《はたん》したのが、北村透谷と国木田独歩である。自然主義の担い手となった島崎藤村と花袋は、それぞれこの透谷と独歩の親友だった。

結局、『蒲団』によって花袋が初めて「恋愛結婚をしても、いずれ飽きる」という事実に気づくという名誉を担うことになったのである。

ところが、実は「恋愛して結婚しても、妻となった女にはいずれ男は飽きる」というのは、かつて一種の「常識」だったのである。そのことを明瞭に言い当てたのが、先の兼好法師で、だから兼好は、「妻など持つべきではない」と言いつつ、「色好みでない男はつまらない」という、結婚否定、恋愛礼讃《らいさん》の立場を取ったのである。『源氏物語』でも、親の反対を押し切ってようやく「恋愛結婚」した光源氏の息子の夕霧は、果たしてほどなく妻の雲居雁《くもいのかり》をよそに、柏木の未亡人女二宮に心を移すのである。

しかし、「恋愛結婚をしたからといって幸せになるとは限らない」という認識は、今日に至るまで一般化していない。というのも、昭和三十年頃までは、「恋愛結婚」のできる者の数自体が少なかったからである。古代以来、男たちは、こうした「妻の退屈さ」から逃れるために、他に通う女を拵《こしら》えたり、若い妾《めかけ》を持ったり、遊里で娼婦相手に遊んだりした。そのことについては、章を改めて述べる。

『蒲団』のこうした側面をいち早く見抜いたのが、近代的な意味での文学的才能において傑出していた二葉亭四迷である。二葉亭は、その二十年以上前の『浮雲』（明治二十一―二十二年）と、一年前の『其面影』（三十九年）という二つの小説で「男の悲恋」を描いていたが、『蒲団』の影響と、おそらくトルストイの『クロイツェル・ソナタ』（一八八九）の影響のもとで『平凡』（明治四十年）を書いた。この作は、既に題名からして「退屈」を暗示しているが、主題はむしろ「性」の方向へ向かっている。

私は今年三十九になる。人世五十が通相場なら、まだ今日明日穴へ入らうとも思はぬが、しかし未来は長いやうでも短いものだ。（中略）しかし私も老込んだ。三十九には老込みやうがチト早過ぎるといふ人も有らうが、気の持方は年よりも老けた方が好い。（中略）大抵は皆私のやうに苦労に負《め》げて、年よりは老込んで、意久地なく所帯染みて了ひ、役所の帰りに鮭《しやけ》を二切竹の皮に包むで提《さ》げて来る気になる。それが普通だと、まあ、思つて自ら慰めてゐる。（『平凡』冒頭部分。引用は『明治の文学　二葉亭四迷』筑摩書房より）

さて、先ほど述べたように、「恋愛」という言葉は明治期において作られた言葉だから、それ以前には日本では恋愛に相当する概念がなかった、という説がある。これは、二十世紀始めのフランスの歴史家シャルル・セニョボスが言ったとされている（文献では確認できない）「恋愛、十二世紀の発明」という言葉を枕にふって、恋愛は西洋十二世紀のトゥルバドゥールという吟遊詩人が貴婦人への恋を歌いはじめた時に「発明」され、それがだんだん進化して明治期日本に「輸入」されたのだというふうに説明される。だが私は、「恋愛」以前にも「恋」という言葉はあったのだし、トゥルバドゥール以前の西洋にも、恋を歌った詩はあったのだから、この説を認めない。(2)ところが、どうやら「退屈」についても、近代の発明品説を唱える者がいるようなのである。どうも「近代の発明品」というのはフーコー亜流学者の間でのちょっとした流行らしい。それはパトリシア・スパックスの『退屈（Boredom）――ある精神状態の文学史』（未邦訳）で、スパックスは「boredom」という心的現象は普遍的なものではなく、十八世紀半ばに「発明」されたというのだ。スパックスはそれを「比較的簡単な言葉の歴史によって示唆」できると言い、自分が「退屈」は初期近代の発明だと講義で述べると、しばしば、ホラティウスの『退屈（The Bore）』という諷刺詩《ふうし》（satire）があるではないか、と反論されたものだが、この諷刺詩にはもともと題名はなく、十六世紀にこれにヒントを得て書かれたジョン・ダンの『諷刺詩四』にも「bore」という言葉は出てこず、「deulness」が出てくるだけだ、と言っている。なるほど、boredom という言葉が新しいということは分かるが、だからといって「退屈」に相当するものがなかったとは言えないだろう。たとえばラテン語で「退屈」に相当する言葉を探すなら、「taedium」つまり英語の tedious の語源に行き着くが、現代フランス語で「退屈」に相当する語を探せば、まったく別系統の「ennui」になってしまう。シェイクスピアの『ヴェニスの商人』の冒頭で若い商人アントニオが、最近憂鬱《メランコリー》に取りつかれている、と言うのは専門家の間では有名な箇所で、「メランコリア」という状態がルネッサンス期以降、関心の対象であったことは知られている。もしかしたらこれが「退屈」に相当するものだったかもしれない。

　実際、何故斯う気が鬱《ふさ》ぐか、解らない。君たちはそれが為に鬱々《くさくさ》しッちまふといふが、自分でも鬱々する。一体、どうして斯うなったのやら、何処で拾って来たのやら、どうして取附《とつ》かれたのやら、何が種で、何から生れたのやら、予《わたし》にも解らない。で、つい腑抜《ふぬけ》のやうになって、こりゃ自分ぢゃァないのかと思ふ位です。（坪内逍遥訳『ベニスの商人』冒頭部分）

スパックスは、tedious や ennui という言葉にも触れているが、自分が考察している bore, boring, bored, boredom という言葉とは違う、と言う。

退屈という概念がない世界を仮定してみると、そこでは人々はその生活環境を、あるがままに（as given）受け取っていたのだ。（略）

（略）退屈というカテゴリーは、見たところ私たちの遠い祖先を悩ましてはいなかった、外界に対する一まとまりの期待を含意している。遠い過去の暮らしを詳しく見ると、私たちには退屈に見えるかもしれない。実際、エデンの園はさぞかし退屈だったろう、と言った人もいる。放逐される前のアダムとイヴは、やることとか、興味をかきたてられることとかをほとんど持っていなかった。中世の農夫は、繰り返される、心身をすり減らす同じ仕事にじっと耐えていた。中世の騎士でさえ、戦の時を除けば、比較的「つまらない」生活を送っていた——彼自身は恐らくそう考えていなかったけれど。（pp. 9-11）

しかしスパックスは、人々が「退屈」について語りだし、boreという言葉が現れたのは十八世紀だから、それまでは人々は退屈していてもそれを退屈と意識しなかった、と言うのだが、この種の、言葉がなければ概念もない、という考え方は、ここで私が「退屈」と言っているのと、スパックスが「boredom」と呼んでいるものも違う、という結論を生むだろうし、それどころか同じ日本人の安岡章太郎が「退屈」と言うのと、伊丹十三が「退屈」と言うのとも、厳密に言えば違うということになって、結局普通名詞は存在しないという唯名論に行き着き、不可知論に踏み込むことになる。だから私はスパックスの前提は、採用しない。

ただし、スパックスの研究は飽くまで、近代英文学史における退屈概念の成立に関するものとして見ればいいので、中世キリスト教世界では、「退屈する」という状態を、神に与えられた使命あるいは職業（Beruf）を十全に果たそうとしていない、という宗教的な罪として見られていたのが、近代における聖俗革命の結果、行動と非行動という対比の上に、後者が退屈と結び付けられるようになったというのがスパックスの議論だ。他に、十八世紀から十九世紀にかけての英国中産階級の女性の退屈と、それを埋めるために登場したのが「小説」というジャンルであり、当時隆盛を誇り、面白かった小説も時勢の推移とともに退屈なものになる、といったことが論じられているが、私は、小説そのものさえいずれは退屈してしまうという所から話を始めているので、スパックスとは対象と方法においてだいぶ違っていると言うべきだろう。さて、だから先ほど、花袋が「退屈」を発見した、と書いたのは、スパックスが言うような意味での「発明」でも「発見」でもなく、恋愛結婚という「エキサイティング」だと思われていたものも、実は十数年の後には「退屈」なものになるという「発見」という意味なのだ。

ところが、西洋文明における「退屈」がこれと様相を異にするのは、「結婚」というものに「興奮させる、面白い」ものを期待するなどというのは、キリスト教的に言うならば背徳行為であり、それは今ではキリスト教式の結婚式をする日本人は多いから、その際に「病める時も健やかなる時も」配偶者を愛する、という誓いがあることはよく知られているだろうが、結婚とはこのような誓いのもとで行われるものであり、それは無条件の誓いなのだから、退屈だなどと言うこと自体、この誓いに違反しているのであって、このようなキリスト教式結婚式を挙げておいて、「性格の不一致」を理由に離婚するなどというのは背教行為なのである。そのあたり、日本人には「退屈」することが罪悪（sin）であるという意識はほとんどない。

花袋の『蒲団』の後、「退屈した男」を描きつづけたのが、夏目漱石である。私は前に漱石作品について一冊の本も書いているし、九〇年代には漱石に関する批評があまりにも多く、私もあちこちで書いているので、それこそ漱石には「飽きて」しまったのだが、とりあえず覚書として書いておくなら、「高等遊民」である『それから』(明治四十二年＝一九〇九年)の長井代助などは、どうもこの男が突然、人妻との恋愛など始めるのは、要するに退屈していたからではないかとさえ思える。その続編ともいうべき『門』(四十三年)は、代助と三千代の後身とも言うべき、親友の妻とできてしまい夫婦になって、世間を避けながら暮らしている宗助とお米の話だが、谷崎潤一郎はこれを評して「真実を語つて居ない」と言っている。

「彼等は此の抱合の中に、尋常の夫婦に見出し難い親切と飽満と、それに伴ふ倦怠とを兼具へてゐた。さうして其の倦怠の慵《ものう》い気分に支配されながら自己の幸福を評価する事丈は忘れなかつた。」(略)。

(略)如何に大いなる犠牲を払つてかち得たる恋であるとは云へ、ヒステリーの病妻を抱いて、子なく金なき詫《ママ》びしい家庭に、前後六年の間、青年時代の甘い恋の夢から覚めずに居たと云ふ事実は、一寸受け取り難い話である。(中略)代助の道徳は是非とも代助に「永劫変らざる愛情あるべし。」と教へなければならぬ。然し実際の愛情は之に反する事が多くはあるまいか。(中略)我々もならう事なら宗助のやうな恋に依つて、落ち付きのある一生を送りたいと思ふ。けれども其れ

は今日の青年に取つては到底空想にすぎないであらう。（「『門』を評す」。原文は旧漢字）

当時谷崎二十五歳である。漱石に戻ると、『彼岸過迄』（大正元年＝一九一二）は、誰が主人公とも分からない、構成の破綻《はたん》した作品だが、いちおう当初主人公らしい登場の仕方をする敬太郎は、人の頼みで「探偵」をするのだが、そもそも探偵などという行為は、退屈した者のすることではあるまいか。架空の人物であるシャーロック・ホームズは、興味を惹く事件がない時は、「一カ月も平凡と沈滞に苦しめられた」りする（「ソア橋」延原謙訳）。

だが四日目の木曜日ともなると、朝食のあといすをうしろへずらして、どんよりと重くるしいもやがまだ去らず、窓ガラスに油っぽく水滴の凝集しているのを見ては、気みじかで活動的なホームズとして、生活の単調さにうんざりしてしまったらしい。ありあまる精力をもてあまして、つめをかんでみたり家具をたたいてみたり、無為にいらって、部屋のなかをせかせかと歩きまわっていた。

「新聞にも面白いことは出ていないだろうね、ワトスン君？」

ホームズが面白いことといえば、犯罪事件の面白いのにきまっているのだ。

（中略）といって犯罪事件としてはみんな平凡でつまらないものしか見あたらない。ホームズは嘆声をもらして、なおも歩きつづけた。（「ブルース・パティントン設計書」延原訳）

彼も漱石の同時代人で、漱石がロンドンでホームズと出会う、などという空想小説もあった。現代でも、最も人気のある大衆小説のジャンルが、探偵小説である。たとえば一般向けに書かれた学問的な書物は、時に「探偵小説のような面白さ」などという宣伝文句や書評で飾られるけれど、そう呼ばれるためには、やはり対象が、邪馬台国とか柿本人麻呂とか写楽とか、ある程度有名であるか、さもなくばよほどスリリングな探索の過程がなければならない。現実の事件の謎を追究したものは、学問というよりノンフィクションと呼ばれるが、ここでも有名人が中心にいるか、事件そのものが猟奇的でなければならない。

漱石に戻ろう。その後期の作品群、『行人』『こゝろ』『道草』『明暗』と来ると、これはもうすべて、退屈した男を主人公にしている。『行人』（大正元年）の長野一郎は学者だが、妻お直が、同居している弟の二郎に惚れているんじゃないかと疑って煩悶《はんもん》する。この場合は、まさに日常の退屈さが、こういう病的な妄想を生んだのだと解釈できるし、家族の頼みで一郎はHさんという人と旅に出るが、Hさんが二郎に宛てた手紙から引用しよう。

　兄さんは書物を読んでも、理屈を考へても、飯を食つても、散歩をしても、二六時中何をしても、其処に安住する事が出来ないのださうです。何をしても、こんな事をしてはゐられないといふ気分に追ひ懸けられるのださうです。

「自分のしてゐる事が、自分の目的《エンド》になつてゐない程苦しい事はない」と兄さんは云ひます。

「目的《エンド》でなくつても方便《ミインズ》になれば好いぢやないか」と私が云ひます。

「それは結構である。ある目的《エンド》があればこそ、方便《ミインズ》が定められるのだから」と兄さんが答へます。

　兄さんの苦しむのは、兄さんが何を何《ど》うしても、それが目的《エンド》にならない許りでなく、方便《ミインズ》にもならないと思ふからです。たゞ不安なのです。従つて凝《ぢつ》としてゐられないのです。（「塵労」三十一、引用は『漱石全集』から）

　一郎の症状は典型的な不安神経症のものだが、冒頭部など小花房に通じるものがある。『こゝろ』（大正三年＝一九一四）の「先生」の場合は、恋愛において親友を「裏切った」ため、職にも就かず孤独な日々を送っているが、彼は父親から譲られた財産があるがゆえに職に就かずに済んでいるのであって、むしろ彼の神経を蝕《むしば》んでいるのは過去の罪などより、その退屈ではないのかとさえ思えるし、子供がいないこともその生活を暗いものにしているけれど、親友Kの自殺は、単に彼に、人生の根源的な退屈を知らしめたのではないかと見ることもできる。

『道草』（四年）の健三は、どうやら三十代半ばの漱石の自画像らしいが、そこでも、面白くない世俗との付き合いに退屈した男の姿が見られるし、中絶した遺作『明暗』（五年）の主人公津田を、結婚前の恋人だったという清子に会いに温泉場まで赴かせるのは、吉川夫人の示唆や清子への未練以上に、退屈だったのではないか。

さて、明治四十年代は、日露戦争の後の時代であり、日本が西洋諸国に伍してやってゆく基盤を固めた時代である。実際には西洋でも、十九世紀的な小説の時代は終わろうとしていた。そこで日本の作家たちが「真実」を描こうとした時、彼らが発見したのは、「退屈」だったのではないか。その一方で、自分の内なる欲求に従った作家たち、近松秋江《しゅうこう》や岩野泡鳴《ほうめい》は、娼婦や玄人《くろうと》女相手の遊蕩《ゆうとう》を描き、自然主義の急先鋒とも言うべき正宗白鳥は、退屈というよりは殺伐とした日常をこれでもかと言わんばかりに描いた。自然主義とは一線を劃《かく》していた志賀直哉も、『暗夜行路』の「第一」（大正十年＝一九二一）で描いているのは、カネに困らない若者の、藝者と遊びつつ退屈している様だったし、佐藤春夫は『田園の憂鬱』（大正七年）『都会の憂鬱』（十一年）を、一般にはポオに倣《なら》って書いたことになっているが、これはむしろ「田園の退屈」「都会の退屈」とでも呼んだほうが当たっていようし、広津和郎《かずお》の出世作『神経病時代』（六年）にしても、その神経病とは要するに退屈の別名なのだ。山崎正和は、この時代の文学作品を論じて、『不機嫌の時代』（講談社学術文庫）と題したが、私に言わせれば「退屈の時代」である。

ところで西洋でも、第一次世界大戦によって十九世紀的な世界が崩壊した後では、一九二〇年代の英国文学は「絶望の十年間」と呼ばれて、その当時の前衛作家たるヴァージニア・ウルフやジェイムズ・ジョイスは、斬新な技法を駆使して「退屈な日常」とその背後に潜む不安を描いたし、後に社会思想家に転身してゆくオールダス・ハクスレーは『恋愛対位法（原題『対位法』）』（一九二八）で、あてどない現代人の生活の様相を描いていた。同じ年、D・H・ロレンスが、無力感に満ちた中流階級から労働階級へと逃亡する貴婦人を描いた『チャタレイ夫人の恋人』を発表している。

一方、ジェイン・オースティンのような、日常の描写でありながら読んでいて面白いという小説は近世以後の日本にはなかったのだが、それが敗戦前後に書かれた谷崎の『細雪』で達成されている。谷崎はこの技法を、『源氏物語』のような王朝物語に学んだと見て差し支えないが、日常でありながら波瀾《はらん》を含み、それでいて通俗に堕さないという書き方が出来たのは、谷崎のほかには川端だけだったろう。十五年戦争と敗戦後の混乱で「退屈」どころではない日々の後、昭和三十年ごろから、再び退屈を描く小説が登場する。たとえば椎名麟三の『美しい女』（昭和三十年＝一九五五）がその一つだろう。これはしがない、妻子もある四十七歳の関西の私鉄に勤める男の戦中から戦後にかけての日常を描きつつ、その男の夢想は「美しい女」にどこかで出会うことだけだ、というところからこの題が付けられている。

その焼酎を飲んでいるとき、私の心に痛切にうかんで来るのは、美しい女への思いだつた。このようなおかしな自分から救い出してくれる美しい女だつた。しかし私は、私の美しい女が、どんな顔をしどんな姿をしているのか、さつぱりわからなかつたのである。ただ、美しい女への思いがうかぶと、私の心のなかに、何か眩《まぶ》しい光と力にみたされることだけは事実だつた。いわば美しい女というのは、まるで眩しい光と力そのもののような具合だつたのである。（引用は『美しい女』中央公論社より）

いわば、この車掌にとって、「美しい女」は、現実と違う世界の暗喩《あんゆ》なのである。しかしこのようなしがない男でなくとも、今なお働く男たちの多くが、週刊誌や夕刊紙に載っている裸体美女を喜び、周囲にいる、あるいは町中ですれ違う美しい女によって、日常への退屈から癒《いや》されている。椎名は、今ではあまり評価の高くない作家だが、この一節が多くの男の世界観の一端を鮮明に描いた秀抜な部分であることは間違いない。

初期の大江健三郎は、「奇妙な仕事」や「死者の奢り」（昭和三十二年）といった短編で、当時の日本の学生の無力感を描いていた。さらに昭和四十年代に入ると、内向の世代と呼ばれる作家たちが、高度経済成長後の安定した社会の中での鬱屈《うっくつ》を描くようになる。たとえば黒井千次の『群棲』（一九八四）は、住宅地という戦後的な住居を舞台にしてこれを描いていた。しかしこの種の「純文学」は、批評家からは高い評価を得ながらも、一般読者からは遊離しはじめ、読者たちはミステリーや恋愛小説へと向かっていった。

（1）詳細は拙著『〈男の恋〉の文学史』、および『男であることの困難』（新曜社）の中の「日本恋愛文化論の陥穽」、『恋愛の超克』（角川書店）等を参照してもらいたい。
（2）（1）で挙げたように、一九九七年以来、私は執拗にこの説を批判してきた。なぜ私が執拗に批判したかというと、いくら言っても恋愛発明説、輸入品説をバカの一つ覚えのように繰り返す者たちがいるからである。それも、私に反論して言うのならいいが、無視して言うのだから困ったものである。最近も、小倉千加子の『セクシュアリティの心理学』（有斐閣選書、二〇〇一）を見たら、輸入品説が従来の姿のまま繰り返されていた。しかもこの種の議論をなす者の通例に漏れず、ひたすら西洋における「恋愛」発展史を述べたあとで、おもむろに日本近代を論じ始める。日本の歴史は明治維新から始まったのか、と言いたくなる。

第二章　祭儀論・遊戯論への疑問

祭儀論への疑問

劇作家・演出家の平田オリザは、『都市に祝祭はいらない』で、おおよそ次のようなことを言っていた。

前近代の農村共同体のようなところでは、労働という日常－ケの日々の間に、祝祭という非日常－ハレの時空が定期的に挿入され、人々はそのことによって日常の堆積《たいせき》から来るストレスを解消していた。そして演劇は、そのような祝祭の一種だった。しかし現代の都市では、オウム真理教をめぐるテレビ報道などが、既に祝祭として機能しているため、演劇はむしろ、自分を見つめなおす日常であるべきだ、と。

平田は、岩松了などとともに、九〇年代の「静かな演劇」を代表する演劇人とされ、事実平田が率いる青年団の舞台は、あたかも日常会話のような口調で台詞《せりふ》が語られ、いかにも平凡な日常が描かれているように見え、一時期注目を集めていた。けれど、私は平田の舞台に感心しなかったし、その理論にも納得しなかった。前者の理由については、別途演劇論として書いたので詳しくは述べないが、(1)平田が後に自ら語るとおり、実際には平田の戯曲は物語を含んでおり、終わる三十分前くらいにラヴ・シーンがある、といったものだった。それはともかく、ここで問題にしたいのは、その理論に登場する「日常／非日常」という時間の捉《とら》え方である。

実は、「非日常」という言葉は、六〇年代のアングラ演劇を語る際に使われはじめたものであり、英訳しようとしても適当な言葉がない。ただし、この言葉を使ったのは、マックス・ヴェーバーである。ヴェーバーは、カリスマ的支配という概念を提示したが、その際、カリスマの属性の一つとして、この「非日常性」を挙げたのである。ドイツ語で außeraltäglichkeit である。(2)これを「日常／非日常」というふうに変換したのは、日本語の「ハレ／ケ」に由来する。(3)

さて、平田の議論に納得できないのは、オウム真理教の地下鉄サリン事件のような、被害者のいる事件の報道を「祝祭」扱いするとは何事か、といったレベルのものでは必ずしもない。たとえば、現在の都市には多くの娯楽装置が溢《あふ》れている、というのなら、分からないではない。けれど、演劇というものは、生身の役者が目の前にいるという点でやはりパソコンやテレビゲームとも違うのではないか、ということも言えるが、それもここでは問題ではない。

前近代の人間、農村などの人間が、「ハレ／ケ」の交替する循環的な時間の中で生きていた、という捉え方そのものに、疑問を感じるのだ。実は、こういう議論は、八〇年前後に、ファッション的な知、つまり文化人類学やその周辺の知においてよく知られるようになったものだ。演劇の起源を祝祭に求めるのは、ニーチェが『悲劇の誕生』で、古代のディオニュソス祭を悲劇の起源に擬したのに発し、恐らくその影響下にある折口信夫《おりくちしのぶ》の藝能史論に受け継がれたものだ。ニーチェの説は、現在の演劇史研究では認められていないが、それは変形されて今なお影響力を保っている。

たとえば、オウム真理教事件が起こった時、社会学者の宮台真司は、この事件の根底に、高度経済成長が終わり、今日とは違う明日が信じられず、革命や大きな変革が期待できなくなった時代の「終わりなき日常」を見て取った（『終わりなき日常を生きろ』ちくま文庫）。しかし、それ以後宮台は、ではどのようにこの「終わりなき日常」を生きればいいのか、という処方箋《しょほうせん》提出の要求に苦しめられるようになる。私が「退屈」について考えはじめたのは、序文で示したとおり、宮台の困惑に対応したものだ。

宮台は当初、女子高生たちのように「まったりと生きろ」と言い、何らかの期待をせず、半睡半醒の状態で生きていくことを勧めたが、最近ではこれもやめたらしい。さて、その宮台は、人生には意味がない、と述べ、『これが答えだ!』(朝日文庫)に収められた、『ダ・ヴィンチ』連載の、読者からの疑問に答える形式の文章で、「意味がなくても強度があれば生きられる」という趣旨のことを言い、それをニーチェから学んだ、と言って、次のように述べている。

原初的な社会では、昨日があるように今日もあり、今日もあるように明日もあるという現実構成の自明さが共有されています。言葉は自明さに補完されている分、大きな負担を背負ってなく、一部の生活領域を除いて、語彙《ごい》もきわめて限定されています。言葉を目盛りに喩《たと》えれば、目盛りの「間」に対する感受性が重要な役割を果たすからこそ、目盛り自体は限られた稠密《ちゅうみつ》さに留まるわけです。
そんな社会では、言葉の世界の「外」に言及不能な世界が拡がっていることを忘れると危険なことになる。だから定期的に訪れる祭儀のなかで日常ありえない無礼講を実現し、男女・上下の役割を逆転し、生贄《いけにえ》儀式で動物や人の死を目の当たりにするといった形で、言葉の減殺への感受性、目盛りと目盛りの「間」への感受性を、更新します。祭儀は「意味」ではなく「強度」を経験するチャンスで

す。（一八二頁）

とはいえ、現代社会でこのような強度を回復するのは難しい、と続くのだが、宮台は結局その後、「原天皇制に帰依する」とか「サイファ」とか言いだして、自己破産してしまう。さて、いま引いた部分は、平田に比べるとかなり言葉づかいが難しいが、基本的に原初の社会について言っていることは同じだ。ただし、動物や、いわんや人間を供犠に供えるというのは先史社会のことと見るほかないだろう。

こうした古代社会論は、二十世紀の始めに、西洋で文化人類学という学問が成立する過程で出てきたものだ。そこではマルセル・モースの『贈与論』（一九二四）、あるいはレヴィ＝ブリュルの『未開社会の思惟』（一九一二）やフレイザーの『黄金の枝（金枝篇）』（一八九〇）のような著作が現れた。これらを再度賦活《ふかつ》したのは、宗教学者のミルチャ・エリアーデや、構造主義文化人類学のレヴィ＝ストロースであり、それを日本に知的ファッションとして持ち込んだのが、山口昌男であり、経済人類学者の栗本慎一郎だった。特に、『パンツをはいたサル』（一九八一）連作や、『幻想としての経済』（一九八〇）で一世を風靡《ふうび》した栗本の影響が、平田や宮台の文章に見て取れる。栗本は、高橋康也の演劇論、中村雄二郎の哲学、小松和彦の民俗学などの、当時の新しい学問潮流の中で、イヌイットにおけるポトラッチのような慣習を参照しながら、

「蕩尽」という用語を用いて、人間が動物と違うのは、日常的な生産活動をシステマティックに行うのみならず、その一方で、贈与、蕩尽、消費といった無償に近い行為をするところにある、と論じた。この議論は、八〇年代の都市文化によく適合したために、広く受け入れられるところとなった。

そもそもこうした議論は、十九世紀における西洋世界でのキリスト教の衰退に伴って起こってきたもので、ニーチェなどは、キリスト教の規範性の強さを嫌い、古典古代におけるキリスト教とは別個の生のあり方を理想化したものだと言えるだろう。その流れは、ドイツ民族主義の創始者であるヘルダー以降のもので、バッハオーフェンによる古代母権制の提唱や、古代グノーシス主義への関心、スウェーデンボルィの神秘主義、リヒャルト・ヴィルヘルムによる道教の研究などの影響を受けて、二十世紀に入ってから、カール・グスタフ・ユングによって、一つの新たな宗教として総合されるに至る。(4) そこでは、性的オルギアによる人間本来の姿の回復を構想する者もおり、ユングと同じくフロイトの弟子だったヴィルヘルム・ライヒの、性的抑圧こそがファシズムの原因だ、とする説をも生む（『ファシズムの大衆心理』邦訳、せりか書房）。

フロイトの場合は、ユングほどにオカルト的ではなかったが、彼が創始した「性的抑圧」を中心に据える精神分析は、十九世紀から二十世紀前半にかけてのドイツや英国のような、性的抑圧の強かった社会に受け入れられた。フランスでは、ジョルジユ・バタイユが『エロティシズム』他の書物を、あるいはモーリス・ブランショが『明かしえぬ共同体』のようなエロス的共同体の可能性を説く書物を書き、アリストテレス哲学とキリスト教神学に支配されてきた西洋の論理中心主義に抵抗した。それが、一九六八年パリの五月革命の時代に復活し、ジル・ドゥルーズとフェリックス・ガタリの『アンチ・オイディプス』のようなポストモダン哲学を生み出したのである。

以上は、ごく簡単な、近代西洋の「反論理＝理性主義」の思想の流れであり、八三年ころ日本で始まったニュー・アカデミズムのブームは、ほぼこうした流れを受けたものだったと言えるだろうし、そこではバタイユに依拠する栗本、ドゥルーズ＝ガタリに依拠する浅田彰、仏教のなかのタントリズムや密教に依拠する中沢新一らがスター学者になった。

私たちは、この事態を「退屈」の相のもとに眺めてみたい。当時、ニーチェの『喜ばしき知恵《ガヤ・シエンザ》』に倣った『GS』という雑誌にこれらニュー・アカデミズムのスターたちが拠ったことに端的に表れているように、この一連の動きは、「反・退屈＝享楽」の動きだったのである。松本隆が作詞した松田聖子の「ハートをROCK」もまた、「反・退屈」を歌ったものだった。

あなたに誘われた
コンサート　それもクラシック
まぶたを閉じないで
眠るコツ　発見しそうよ

ハートをRockされたいの
時にはBACHもいいけど
二時間も着なれないドレス
いい娘にしてると疲れるわ
（中略）
ハートをKnockしたいのよ
ちょっぴり真面目すぎるから
退屈なドアをこじあけて
素敵な世界へ連れてくわ

クラシックが退屈だという固定観念が如何《いかが》わしい。さて、そのニューアカ・ブームが日本のバブル経済の上に咲いた徒花《あだばな》であったことは、今では明らかになってしまっている。そこでは、「消費」の快楽が語られたし、一方で「性の解放」も北米やフランスの後を追うように進行し、新・風俗営業法のもとで新奇な意匠を凝らした風俗店が林立し、ラヴホテルも繁盛し、ヘアヌードもなし崩し的に解禁され、多くのアダルトヴィデオが作られた。けれど、結局人々は、それにも「退屈」してしまったのである。

立花隆の『アメリカ性革命報告』（文春文庫）には、実験的に二十人程度の精力旺盛な男たちを毎日ポルノ漬けにしてみると、三週間の実験期間を過ぎるころには、全員がすっかりポルノに食傷していた、とある。それは恐らく生身の女でも同じことだろう。禁圧がなければ、快楽も感じられなくなるのである。

ではやはり「ハレとケ」の交替が必要だということなのか。しかし、ハレとケ理論は、いくぶん、前近代の人間を単純化していたのではないだろうか。時間には、循環的な時間と直線的な時間があると言われる。ハレとケ理論は、あたかも前近代の人間が、循環的な時間だけを生きていたように想定していた。また、エコロジー思想の登場によって、人間は自然との絆《きずな》が断たれたという考え方のもとに、たとえば植物が春に花を開き、冬に種を残して枯れるような循環的な時間を取り戻すべきではないか、といった議論も一時盛んだった。

しかし、やはり人間は植物ではない。一人の人間は、どうしても直線的な時間をも同時に生きるほかないのではないか。たとえば文化人類学的には、イニシエーション（通過儀礼）が研究の対象になった。成人式、成女式といったものだ。もちろん現代社会でも、入学、卒業、入社といった、これに相当する経験は存在する。だが、問題はその後、つまり学校を出て何らかの職業に就いた後のことなのである。アクチュアルな学問として持て囃《はや》された文化人類学は、現代人には、こうした通過儀礼の後に、五十年以上の生が待ち受けていることを考慮に入れられなかったのではないかと思われる。文化人類学がモデルとするような未開社会の人間は、通過儀礼後、二十五年程度の生しかなかった。その差異は不問に附すとしても、彼らがその生を、労働と祭儀、というサイクルのみで、退屈もせずに生きていたとは、とうてい思えないのだ。そして少し考えてみるならば、そこには、結婚、子供の出産、その生育という課題が待ち受けていた。

言うまでもなくそれは直線的時間の節目となる大きな行事であり、大人となった者は、自分たちがこれまで経験してきた時間を、自分たちの子供が経験していくのを共に経験していたのだ。そして、通常、多くの子供を作る未開人や前近代人は、最後の子供が成人するころ、既に間近に死を控えていた。

断っておくが、私は前近代社会を理想化しようというのではない。仮に富裕層、支配者層だけを考慮に入れるとしても、女の多くが出産で命を落とし、男も、戦乱や諍《いさか》い、近代においては治癒《ちゆ》も可能になった多くの不治の病に苦しめられたのだ。けれど、子供の出産、生育という体験が、「労働－祭儀」の循環以上に、彼らの生に意味を与えるものだったのではないかということだけは、言えそうな気がするのだ。

ところが、ニューアカ・ブームの際、浅田彰は『逃走論』（ちくま文庫）で、こうした、結婚、家族といったものから、逃走せよ、そして享楽せよ、と煽《あお》った。これまた、浅田自身がその後、京大助教授として安定した収入を確保した段階で、既に「騙《だま》された」と多くの者が感じたのだが、それはそれとしても、浅田の論理には、ある矛盾がありはしなかったか。浅田は、蓄積する文明をただちに「勤勉」なものと想定してこれを否定し、常に逃走移動し続け、快楽を求めよ、と説いたが、では、蓄積する快楽、というのはどうなるのか。人は、蓄積することにも快楽を見出す存在である。一見、通常の生活世界から逃走していたように見える幼女連続殺人犯の宮崎勤でさえ、部屋には膨大なヴィデオのコレクションを蓄積していたのである。

あるいは、普通の勤め人でも、昇給、昇進といったことは、恐らく酒や博打《ばくち》や女以上の快楽なのだ。そういう意味で浅田は、京都人でありながら、その言説だけは、「宵越《よいご》しの銭は持たねえ」と嘯《うそぶ》いた江戸の職人に似ていた。それは、マルクス主義者であると言っていい浅田が、日本特有の現象として、徳川期における商人への蔑視《べっし》感情を受け継いでいたからだ。

しかし、資本制的な消費の快楽の世界もまた、「退屈」に襲われつつあるのではないか。百川敬仁は、『日本のエロティシズム』(ちくま新書)で、徳川末期の日本文化は、猥褻《わいせつ》で頽廃《たいはい》的なように見えながら、実はエロティシズムを失っていた、と論じたが、それは、長期にわたる平和の中での初期資本制の発達が必然的にもたらすものだったと言えるだろう。そして、現代日本も、極めて徳川末期に似ている。人々は、一見エロティックな商品群に囲まれながら、深く退屈しているのだ。

昭和三十年ころから、日本の女性が産む子供の数は、平均して二人ていどまで下がった。そして医療技術の発達によって平均寿命も上昇してゆき、その結果として、最後の子供が成人してから、人は長い人生を生きなければならなくなったのだ。そして近年では、出生率はさらに低下し、家族解体論まで口にされている。なぜ人々は、これほど「家族」を嫌厭《けんえん》し、重荷に思うようになってしまったのか。子育ての享楽は、もはや消え去ってしまったのか。

遊戯論への疑問

実は一九八〇年代には、先述の祭儀論とは別に、あまり目立たない形でではあったが、遊戯論の流行もあった。その先鞭《せんべん》を付けたのは、一九七一年にロジェ・カイヨワの『遊びと人間』（講談社学術文庫）を翻訳し（ただし初訳はその前年の清水幾太郎のもの）、七四年には『遊びと日本人』を刊行した多田道太郎と、一九七六年、「朝日評伝選」に『成島柳北《りゅうほく》』を書き、その冒頭にヨハン・ホイジンガの『ホモ・ルーデンス』を引いて、徳川期文人の「遊び」の文化が、近代化によって失われた、と書いて、遊びの精神の再評価を唱えた前田愛である。多田は、この邦訳の解説として、「ホイジンガからカイヨワへ」という論文を併載し、遊び論の基礎をこしらえている。いずれも、政治の季節が終わろうとしていた時期の、むしろ非政治的な学者だった多田と前田二人の、八〇年代への助走とも言うべき仕事だったと言えよう。多田はその後、関西に拠点を持つ「現代風俗研究会」の二代目会長となり、前田は八〇年代の知的ファッションともなった「都市論」の中心人物と見なされながら、若くして没した。

ところが、オランダの文化史家ホイジンガの『ホモ・ルーデンス』は、実際にはカイヨワの書物とはかなり趣を異にしている。カイヨワが、いわゆる「遊び」と呼び習わされている人間行動を、アゴーン（競技）、アレア（賭博《とばく》）、イリンクス（眩暈《めまい》）、ミミクリ（模倣）の四つに分類して分析を加えたのに対し、ホイジンガは、「文化そのものが遊びである」という文化哲学を唱えたからである。しかし、一九三八年に刊行された『ホモ・ルーデンス』は、中世史を専門とするホイジンガとしては、厳密な意味での学問的な著作というより、評論の性格が強い。私が驚いたのは、『現代思想』臨時増刊「現代思想の109人」（一九七八）の中でホイジンガの項目を担当した、『中世の秋』の訳者である堀越孝一が、『ホモ・ルーデンス』については一言も触れていなかったことである。堀越はこの本を翻訳していない。それどころか、『遊ぶ文化』（小沢書店）という著書の中でも、『ホモ・ルーデンス』には触れないという徹底ぶりである。

カイヨワはホイジンガを批判的に継承したとされるが、しかし、「遊び」論は、十分学問的に位置づけられているとは言いがたい。それは、「笑い」論と同じである。笑いについては、確かにベルクソンが論じ、日本では若いころの梅原猛が試み、落語家の桂枝雀も独自の笑い理論を提唱していたが、結局定説というものは出ていない。(5)たとえばベルクソンは、機械的なもの、こわばりに対するものとして笑いを見たが、そこにはむしろブルジョアの気取りを批判しようとする、モリエールから十八世紀英国の風習喜劇を題材としたために起こった偏倚があり、梅原は価値低下を笑いの原理とし、枝雀は緊張の緩和を挙げたが、これらはいずれも、梅原の言う「価値低下」へと収斂《しゅうれん》しうるものだ。いわば、威儀を正して歩いている紳士がバナナの皮ですべった時に起こる笑い、といったものを笑いの根本に置いている。けれど、ベルクソンにせよ梅原にせよ枝雀にせよ、「笑い」というものをポジティヴに捉えようという意図が始めからあるために、「嘲り《あざけ》」とか「嗤い《わら》」とかいった残酷な笑いについて論じえていない。

同じように、「遊び」論も、哲学の系譜の中で言えば、デカルト－カント－フッサール－ハイデッガーといった系列の中には、うまく位置づけられていない。それはそうであって、遊び論はそもそもデカルト系統の西洋近代の理性中心的な思考への反措定だったのだから、と言う人もあろう。ホイジンガの執筆動機もまた、近代的な理性偏重に対する中世史家としての憤りが根底にあった。だが、ホイジンガの書物もまた学問的な体裁を取っている限り、それは知性に裏打ちされていなければならず、もしそれを厭《いと》うなら、詩や音楽の形式を取って訴えるしかないはずのものだ。特にホイジンガは、遊びを「聖なるもの」と結び付けるが、ここでは既にカントの、純粋理性は神の領域を扱うことができない、という規則が侵されている。

これだけでは分かりにくいだろうから、例を取って述べよう。『ホモ・ルーデンス』の最後のほうで、十八世紀ロココ文化における遊びの精神を讃えたあと、ホイジンガは、十九世紀は、「まじめ」の支配する世界になってしまった、と痛罵《つうば》している。ところが、ホイジンガはこう書いている。「遊びとは、あるはっきり定められた時間、空間の範囲内で行なわれる自発性な行為、もしくは活動である。それは自発的に受け入れた規則に従っている。その規則はいったん受け入れられた以上は絶対的拘束力をもっている。遊びの目的は行為そのもののなかにある。それは緊張と歓びの感情を伴い、またこれは『日常生活』とは、『別のもの』という意識に裏づけられている」(高橋英夫訳、七三頁。訳文この箇所全て傍点)。

ところが、十九世紀を支配したのは、産業資本主義の精神だった。それはまさに、「カネ」を入手することを目的としたものであって、「そのこと自体」が目的ではない、経済行為であった。それが、二十世紀に至り、変動相場制や株の売買が拡大し、事業の規模はさらに大きくなった。いわゆる高度資本制である。ホイジンガは、このような趨勢《すうせい》を既に見極めて「小児病」と呼んで非難したのだが、おそらくそうしたマネーゲームに狂奔する人々は、そうした行為こそが自分たちに「緊張と歓び」をもたらすのだ、と言うだろう。そしてこうしたマネーゲームとしての資本制こそが、カイヨワの言うアゴーンとアレアの結びついた、最高の遊びなのである。この事実は、ホイジンガの十九－二十世紀批判に決定的な矛盾をもたらしてしまう。

「ワーカホリック」と呼ばれる人々が、たとえば「遊びを蔑《ないがし》ろにしてはいけない」と言われたとしても、彼らは、演劇を観たり音楽を聴いたりすることに、むしろ退屈を覚えるかもしれない。彼らにとっては、仕事のほうが、ずっと面白い「遊び」なのだ。ホイジンガが考察の基盤とした古代・中世の農耕社会では、「仕事」はほとんどこうした「遊び」の要素を持っておらず、それこそ祝祭や儀礼が、「神遊び」として定期的に執行された。そのため、初期資本制が登場してきたルネッサンス期以降を概観する段になるとホイジンガは、詩歌管弦をこととした宮廷貴族を中心とした偏った考察を行ってしまうのである。つまりホイジンガが理想とするのは、第一次大戦以前の、広大な領地を持ち、使用人たちを働かせて社交に勤《いそ》しんでいた西洋の貴族階級と、産業革命以前の世界ということになってしまうのだ。当然、こうした姿勢は、徳川期の、高禄《こうろく》をもって徒食していた成島柳北のような遊冶郎《ゆうやろう》を賛美する前田愛同様、有閑階級の理論に過ぎないという批判に晒《さら》されかねない。じっさい、八〇年代前半の日本で、『遊』といった題名を持つ雑誌群が対象としていたのは、専ら資産家の親を持ち都市部の大学に通う裕福な学生でしかなかったのだ。

では、現代社会における「遊び」を、カイヨワの分類に従い、ホイジンガ的には「遊び」であるものと、そうでないものを併せて列挙してみよう。

アゴーン——囲碁、将棋、カード遊び等の「遊び」。スポーツ競技。しかしここに、出世競争のようなものを加えることができる。後者は、ホイジンガに従うならば、頽落した遊びに過ぎないが、ひとが真に熱中するのは、こちらである。そのことは、実は、ホイジンガが理想化する前近代の上層社会でも変わりはない。

アレア——賭博。マネーゲーム。これまた、上述の通り。

イリンクス——カイヨワは、メリー・ゴー・ラウンドやぶらんこ、ダンスや車で走ることなどを挙げているが、たとえばスペクタクル映画を観るのも、この一つだろうし、幻想的な演劇を観るのもそうだろう。そして、性的な遊び、恋愛、麻薬なども、明らかにこの範疇《はんちゅう》に属する。

ミミクリ――カイヨワは、専ら、自ら芝居を演じたりすることを挙げ、図表には「演劇、見世物」を挙げている。しかし、演劇やコンサート、曲技などを観たり聴いたりすることは、むしろイリンクスに属すると言うべきだろう。

ところが、カイヨワはこの四つの分類に対してさらに別のパラメータとして、パイデイアとルドゥスを挙げている。これは度合いを示すもので、パイデイアは遊戯へ向かう方向であり、ルドゥスは競技へ向かう方向である。ところでカイヨワは、「探偵小説」を挙げ、これをパズルを解くような遊びとして位置づけているが、では単なる小説や映画、テレビドラマなどの「物語」を消費するのは、遊びではないのか。私はいま仮に、スペクタクル映画に限り、イリンクスに分類してみたが、物語消費という遊びだけは、ホイジンガとカイヨワは揃《そろ》って十分に考察しえていない。

実のところ、ホイジンガに対して批判的ながらそれを継承したカイヨワは、やはりある点を避けて通ったのではないか。

物語は、フォークロアという形で、古代から存在したと考えられる。いわゆるフェアリー・テールのような子ども向けのものから、『竹取物語』『落窪物語』から『源氏物語』へと展開するような物語の系譜が日本には存在する。ところが、『源氏』に関しては、『伊勢物語』のような、和歌の詞書《ことばがき》が拡大した「歌物語」から発展したという説明がなされることが多い。だが、『竹取』や『蜻蛉日記《かげろう》』のような系譜が、『古事記』や「六国史《りっこくし》」といった歴史を語る物語が、歌物語の系譜と重なって『源氏』のような物語へと展開したと考えるのが自然なのだ。そして、この「物語」の要素と「詩」の要素は、同じ「文藝」と呼ばれる表現ジャンルに属しながら、時に鋭い対立を見せるのである。

ホイジンガは、詩について、「詩はただ美的機能を有するにすぎないとか、詩は美学的基礎から解釈したり理解したりすることができるだけだといった考えから解放される」べきであり、「いかなる文化のなかでも詩は活力ある社会的機能をもつと同時に典礼的機能をも帯びている」と書いている（前掲書二五一－二頁）。その数ページ後でホイジンガは、芭蕉の連句《れんく》を紹介しているのだが、まさに連句こそ、ホイジンガの理想とする詩の機能を十全に発揮した文藝形式だと言えるだろう。未知の読者のために解説しておくと、連句はほんらい俳諧連歌《はいかいれんが》と呼ばれるが、形式は連歌と同じである。ここでは三人以上の者が寄り集まって、長句（五・七・五）と短句（七・七）を次々と付けていくが、それは決して一つの物語を形成してはならず、次々と別のトピックへ移動していかなければならない。(6) ために、連歌・連句は、社交のためのものであり、他人が後になって解読するにはかなりの努力を要する。つまり、これこそ「詩の社会的機能」が十分に発揮されたものなのだ。

そこまで行かなくとも、平安朝以後の宮廷で催された歌合《うたあわせ》も、競技としての和歌の機能を示したもので、実にこれこそアゴーンの一種だと言えるのである。

だが、物語は、次第に、そうした社交的機能を失う方向へ向かった。平安朝物語は、往々にして一人の者が数人の者に読み聞かせるという享受形式をとったようだが、それが写本になれば、一人で読むことも可能になる。そして印刷術の発明以後、次第に物語は、一人で消費されるものになってゆき、十九世紀西洋で「小説」という形式が隆盛を迎えた時、そこで社交的機能があるとすれば、せいぜい読後感を人と語り合う、といった形でしかありえなくなったのだ。それは、「読書」という遊びが、他者を排したものになり、祭儀から著しく離反することを意味した。ホイジンガが十九世紀を嫌悪したことは、小説の隆盛とも関係がある。さらに、二十世紀になると、複製技術が発達し、それまではサロンやコンサート形式、あるいは庶民なら大道藝人によって、宴《うたげ》の場として聴くしかなかった音楽が、個人的な楽しみとして聴くことができるようになる。ヴァルター・ベンヤミンは、これをもって、藝術家のアウラが消えた、と論じたが、それ以上に、藝術は「一人で楽しめるもの」になったのである。

こうした「小説」を筆頭とする文藝のあり方に異を唱えたのが、丸谷才一である。もと英文学者だった丸谷は、作家としてデビューした後、中世和歌の研究に手を染めはじめ、『日本文学史早わかり』（講談社文芸文庫）で、詞華集を中心とした文藝史を提唱し、その一方で、近代的な「個人」が「個室」で鑑賞するものとしての文藝観を批判して、石川淳、大岡信《まこと》らとともに連歌を試み始め、岩波書店の『紅葉全集』の刊行を推し進めながら、紅葉の作品は、近代的な「個人」の文藝ではなく、多数の人が集って読む「宴」の文藝だ、と述べた。そして考えてみると、丸谷の、時にミステリー仕立ての作品や、グルメ・エッセイの類を書く姿勢は、ホイジンガ的な、共同体的な「遊び」の精神を体現しようとしているのである。しかし、だからといって丸谷が、蓮實重彦や四方田犬彦のように「物語」を批判しているのでないことは明らかだ。「物語消費」というのは、印刷術の発明以後は、「遊び」として重要な位置を占めるようになった。そのことは、従来型の小説や映画に限らない。『ドラゴンクエスト』に代表されるようなロール・プレイング・ゲーム（RPG）や、画面上の美少女との恋愛を成就させたり、たまごっちを育てたりするのも、一種の「物語消費」なのである。けれど、ホイジンガもカイヨワも、この「遊び」については、さしたる知見を示しえていないのである。なぜか。

ホイジンガが「遊び」を定義する際に、もっとも重要視したのは、それが目的性を持たない、ということだった。ところが、物語というのは、エンド（目的＝終わり）へ向かって進むものであって、享受者は、たとえRPGで遊んでいる最中に、次へ進む鍵のありかを友だちに訊《き》くことがあったとしても、何より関心を向けているのは、自分自身が物語の中を先へ先へと進むことなのだ。この目的性は、十九世紀型の小説でも同じであって、ホイジンガには許しがたい「遊びの頽落」だったに違いない。たとえば一九六〇年代にはやった「人生ゲーム」というのがあったが、あれなどRPGの原型とも言うべきもので、これまた、産業社会における出世と金儲けのアナロジーとしてのゲームであり、ホイジンガが見たら眉《まゆ》を顰《ひそ》めたに違いない。だが、仮に『マハーバーラタ』のようなインドの古代叙事詩へ遡《さかのぼ》っても、そこには賭博のために自分の家族や妻、そして遂《つい》には自分自身をも賭けてしまう男が出てくる。この点において、ホイジンガの理論には、大きな矛盾がある。

それは特にカイヨワがアゴーン、アレアと名付けた領域において顕著であって、競技、賭博といった遊びにおいて、人は「勝つ」という目的意識を、いやおうなく持つものであり、逆にそうでなければ歓喜や熱狂は生まれない。たとえば麻雀でさえ、金を賭《か》けずにやれば興が削がれるし、いわんやポーカーなど、賭けずにやったらほとんど面白みは失われるだろう。だからホイジンガは、「サイコロの賭けごとそれ自体は注目に値する文化対象だが、しかし文化にとってそれは不毛だと考えざるをえない。それは精神にも生活にも何ら新たに寄与するものをもたない」と書くのである。

ところがカイヨワもまた、遊びの属性の一つとして「非生産的」であることを挙げ、

「財産も富も、いかなる種類の新要素も作り出さないこと。遊戯者間での所有権の移動をのぞいて、勝負開始時と同じ状態に帰着する」と述べている。とすれば、釣った魚を食べてしまう釣りも、収穫を持ちかえる銃猟も、遊びではない、ということになってしまう。現在の競馬や競輪も、「遊戯者間での所有権の移動」と言うには、別の遊戯者は顔が見えない。

たとえば卑近な例として、パチンコとテレビゲームを比べてみよう。パチンコは、取得した玉を景品と交換し、それを隣の交換所でカネと替えることによって、事実上財産をつくり出す。これに対して、テレビゲームは、何の富ももたらさない。これをもって、テレビゲームの方が純粋な遊びだと言えるだろうか。しかし、奇妙なことに、テレビゲームは、賭博と変わらないほどの中毒性を持っている。なぜか。ここでは、戦闘型のゲームについて考えてみよう。こうしたゲームのプログラムは、通常、遊戯者がより高いステージへと移行できるように作られており、たとえば一回やっただけで最終段階へ辿《たど》り着くといったものではなく、何度も繰り返しやっているうちに、次第に高次のステージに上がれるようになっていく。ゴルフやボウリングと同じように、この場合人は、自分の技倆によって高い段階へ移行できるという達成感を求めてゲームに向かうのである。

賭博が、カネを賭けることによって緊張と熱中を生み出すように、いかに「遊び」

であっても、人は何らかの意味で「まじめ」にならなければ「面白さ」を見出せないのである。ホイジンガが「まじめ－遊び」の循環に捕らわれてしまったのをカイヨワは慎重に避けようとした、と多田は述べているが、そのカイヨワにして、その循環から抜け出せていない。それを多田は、「カイヨワもまた、ホイジンガの呪縛——というよりは、聖なるものの呪縛をまぬかれていないのではあるまいか」と評している。「遊び」論が、デカルトからハイデッガーに至る哲学の系譜の中にうまく位置づけられていないというのも、このことと関係している。

「聖なるもの」については後で触れるとして、カイヨワは『ホモ・ルーデンス』は、現代における遊びの基本要素の頽廃に関する苦々しい一章で終っている。それは多分『過去を賛美する人』の眼の錯覚にすぎまい。これを信用してはいけない」と書いている（二九八頁）。ホイジンガが過去賛美者になってしまったのには、ある程度は資本制社会の拝金主義への怒りが籠《こ》められていたのだろうし、それは幾分かの正当性を持つ。けれど、ホイジンガが決定的に誤っていたのは、前近代、ないし古代の人間というものを、あまりに「循環的な時間」の中に生きるものとしてのみ捉えた点にあると言えるだろう。ホイジンガの思考から抜け落ちているのは、直線的な時間の支配と、人間の加齢である。

ホイジンガは、既に、ユングやカール・ケレーニイを魅惑していたキリスト教以前の古代宗教に関心を示している。つまり、ユダヤ－キリスト教的な、直線的で、最後に神の審判が訪れるような世界観に違和を覚えつつあって、それが「聖なるもの」と「遊び」の結合を生み出したのである。そして、そのような古代宗教の理想化自体が、過去賛美者の身振りなのである。その意味で、カントやハイデッガーの思考に比べた時、ホイジンガは二流の哲学者にならざるをえない。カントは聖なるものへ通じる道を理論言語で提示しようとはしなかったし、ハイデッガーは直線的な時間の中で生きざるをえない人間像を提示したからだ。

こうした、無目的的な遊戯が聖なるものを導くという考え方は、十九世紀後半から、ドイツ・ロマン主義の影響下に出現したものであって、それがフロイト的な汎性欲説と結びついた時、ライヒやロレンスの性解放論や、シューバルトの『宗教とエロス』（邦訳、法政大学出版局）のような著作を生み出す。では、性や恋愛についての、ホイジンガ的遊び論の応用は、どうなるだろうか。

ホイジンガ的な、遊びを文化の原点とする議論が「恋愛」と結びつくとどのような結論が出るか、もはや明らかだろう。そこでは、結婚へと至るような「まじめ」な恋愛は退けられ、性的交わりをも含む遊戯的恋愛が礼讃《らいさん》されることになる。ただし、遊戯的恋愛が礼讃されるためには、まずまじめな恋愛、今日の用語でロマンティック・

ラヴと呼ばれるようなものが、正当な恋愛と見なされるようになっていなければなるまい。だから、日本でこのような遊戯的恋愛の礼讃が行われたのは、昭和五年、九鬼周造が「『いき』の構造」を書いた時点まで下らなければならない。この時点では、既に大正十一年、厨川白村《くりやがわはくそん》の『近代の恋愛観』が、まじめな恋愛やその結果としての結婚を賛美して大きな影響を与えていたからだ。

九鬼は、徳川後期の都市民の美意識のキーワードとされた「いき」に分析を加え、なかんずく男女関係において、縦縞《たてじま》のように、どこまで行っても交わらない、距離を置いた関係こそが「いき」なのだと説いた。この論文が改めて注目されたのは、一九七八年に、高田宏が編集するエッソのPR誌「エナジー対話」の一シリーズとして、多田道太郎と安田武が『「いき」の構造』を読む』を発刊し、その翌年、この対談が朝日選書として刊行され、九鬼の論文も岩波文庫に収録された時のことで、まさに八〇年代を目前に控えて、小さな「いき」ブームが起こったのだと言えよう。ただし、多田と安田の対談は、「いき」を徳川期全体を覆った美意識というより、徳川後期の柳橋の藝者と客の間に成立したもの、と限定していて、さほどの大風呂敷にはなっていない。

さらに八五年になると、平安朝文化と徳川期文化を、日本の好色文化の二度にわたる開花とみる作家の中村真一郎が、恐らく九鬼の論文タイトルを意識してか、岩波新書から『色好みの構造』を上梓した。ここで中村は、かつて折口信夫が肯定的な意味を附した古代の「色好み」という言葉にさらに踏み込んで文明史的な意味を与え、平安朝宮廷の、歌を詠みかけ、性行為に及ぶという風儀（それを戦後における批判的歴史学の黎明《れいめい》を告げた井上清の『日本女性史』は、平安朝宮廷はまるで遊廓《ゆうかく》のようだった、と否定したものだが）を、情熱恋愛から出来《しゅったい》しがちの破滅から身を守るための知恵だった、と位置づけたのである。「色好み」のこうした捉え方は、九〇年代に入ってからの仕事である国文学者・今関敏子の『〈色好み〉の系譜』（世界思想社）にも受け継がれているのだが、実を言えば、「色好み」が平安朝において肯定的な意味を持っていたという文献的な証拠はなく、折口の空想がそのまま無批判に受け継がれているのだと言うほかない。

こうした学問的〈流行〉を綜合する形で現れたのが、一九八七年に中公新書で出た佐伯順子の『遊女の文化史』であり、ここではホイジンガ的「遊び」論、折口的「色好み」論、ユング的古代宗教論、九鬼的「いき」ないし徳川軟派文化論が自由連想的に組み合わされていた。佐伯著に対する批判は拙著『江戸幻想批判』（新曜社）で行ったので繰り返さないが、こう概観してきて感慨に堪えないのは、この佐伯の「過去賛美」的な傾向が引きずられたままに纏《まと》められた『「色」と「愛」の比較文化史』(7)（岩波書店）が上梓された時、多田道太郎がこれを絶賛したことであり、かつてカイヨワがホイジンガを批判しながらその轍《てつ》に踏み入り、そのことを指摘した多田自身が、のち遂に「遊戯的恋愛＝聖なるもの」という図式を反復した佐伯著に躓《つまず》いてしまったということであって、それほどに「遊び」論の呪縛は根が深いらしいのである。

しかし、それはなぜなのか。繰り返しになるが、「目的のない行為」というのは、実は存在しない。私たちが普通に考えるような「遊び」は、「快」を得ることを目的としている。それと「仕事」とを区別するのは、後者が生計を立てるためのものである場合を除くと、仕事は、将来の出世、老後の安定した生活、あるいは休日の遊び等々のために、「快」を先延ばしする、という点にある。いわばイソップ寓話の「蟻《あり》と蟬《せみ》」（一般には「蟻とキリギリス」として知られる）と同じであって、蟻は冬場における安楽な生活という「快」のために、夏場の労働に耐えるのである。

近代社会は、産業資本制の成立と貴族階級の消滅によって、ほとんどの人間を「労働者」にしてしまったが、現実には古代以来、農民、漁民等々は、生活の資を得、酒や煙草《たばこ》や性行為のようなささやかな快楽を得るべく、労働してきたのである。ホイジンガにせよ多田にせよ前田にせよ佐伯にせよ、そこには、労せずして収入を得られ、これを「無目的」な快楽に充てられる貴族階級、あるいはランティエ（年金生活者）への憧憬《しょうけい》がある。それは例えば今日の日本における永井荷風の人気にも反映されているのであって、人々は荷風の作品というより、親の資産を食いつぶして生きた荷風に憧れるのである。

ホイジンガやカイヨワが紹介される以前の段階で、梅原猛が「余暇について」というエッセイを書いている（『哲学する心』講談社学術文庫所収）。梅原はこの頃、ハイデッガー研究からの離脱のために「笑い」の研究を行っていたが、これもその一環と考えていいだろう。短い、時論ふうのものだが、ここで梅原は、現代（当時）の日本人の余暇として、「一、勝負ごととスポーツ、二、映画、演劇、テレビドラマなど、三、浮気、バー、カフェー、ストリップ、四、旅行、登山、ハイキング、五、睡眠」の五つを挙げている。このうち二は、カイヨワの分類では下位区分に属していたし、五に至ってはまったく挙げられていなかったが、私には、必ずしも戦後の日本人に限らず、梅原のこの分類の方が、カイヨワのいくぶんスコラスティックな分類よりも現実的に思われる。

梅原はこの中から、一に属するパチンコ、二に属する、当時流行していた上方喜劇とスリラー、三に属する浮気を取り上げて考察するのだが、この「浮気」というのは面白い。梅原は飽くまで既婚者を対象にものを考えているのだが、これはまだ初婚平均年齢が低かったからで、現代なら「恋愛」に置き換えられる所だろう。しかし、恐らくまだホイジンガもカイヨワも、そしてシューバルトも読んでいない梅原は（知ってはいたかもしれない）、この「性的な遊び」を「聖なるもの」と結び付けたりしていない。しかし、「浮気‐恋愛」は、必ずしも「性的」とは限らないし、娼婦を買うような行動は、性的ではあっても恋愛とはとりあえず違う（もちろんそれが恋愛になることもある）。だが「恋愛‐性」による退屈しのぎについては、章を改めて述べることにしよう。

（1）拙稿「平田オリザにおける『階級』」（『シアターアーツ』8号、一九九八）。
（2）ヴェーバー『宗教社会学』（武藤一雄訳、創文社、一九七六）二四六頁に、「信仰とはまったく神自身のものなる摂理への非日常的な信頼という一つの特殊なカリスマであって」とある。
（3）日本における「ハレ／ケ」理論の迷走ぶりは、拙稿「〈聖なる遊女論〉の来歴」（『日本文学』二〇〇〇年十月）中に記述した。
（4）ユング心理学が「カルト」であることについては、リチャード・ノルの『ユング・カルト――カリスマ的運動の起源』（邦訳、新評論）および『ユングという名の〈神〉』（邦訳、新曜社）に詳しい。
（5）ベルクソン『笑い』（岩波文庫）、『梅原猛著作集1　闇のパトス』（集英社）、桂枝雀『らくごDE枝雀』（ちくま文庫）。
（6）詳しくは東明雅『連句入門』（中公新書）参照。
（7）『中国新聞』一九九八年四月五日朝刊。

第三章　哲学、人類学からのアプローチ

第一章ではスパックスの英文学史からみた退屈論に触れ、第二章では、遊び論や祭儀論という搦手《からめて》から退屈に迫ったのだが、では日本人による退屈そのものの研究というのはないのか。しかし書目を調べてみても、小原信《おはらまこと》『退屈について』（三笠書房・知的生き方文庫）くらいしか見つからなかった。小原はいちおう研究者ではあるのだが、これは一九七〇年代はじめに元本が書かれ、当時学生運動が急速に下火になった時代における学生の無力感、スチューデント・アパシーといったものを背景に書かれた、いわば一般向け人生論であって、ここではあまり役に立たない。あるいはカトリック

系の雑誌である『世紀』が二度にわたって退屈を特集しているが、当然そういう雑誌であるから、現代の青年に向かってのお説教調になっているのもやむをえない。

要するに、退屈を真っ正面から問題にした学問的著述というのは、余りないのである。いや、心理学が扱っていないのはおかしいだろう、と思われるかもしれないが、学問にはおのおの然るべき方法論というものがあって、行動主義心理学なら、まずネズミを使っての実験が行われたりするのだが、動物の退屈は計測が難しいし、社会心理学ではアンケート調査などが行われるのだが、退屈というのはあまりに日常的な心理現象なので、扱いづらい。

精神分析の面から退屈を扱ったものとして、オットー・フェニヒェルの短い論文があるが、精神分析というのは基本的に「欲望とその抑圧」という範型に則ってなされるもので、フェニヒェルも退屈を「目的が抑圧された状態」と見ている。あるいは最近のものとして、アダム・フィリップスの論文では、子供が退屈を習得する過程を論じている。けれど、いずれも短いもので、しかも思弁的な仮説の域を出ないし、私は精神分析には補助的な役割しか認めていないので、ここでは扱わない。

ハイデッガーの退屈論

しかし、数少ない退屈研究の中で、いちばん有名なのは、ショーペンハウアーとハイデッガーの退屈論だろう。ショーペンハウアーは『意志と表象としての世界』（一八一九）の第五十七節を中心に、人間は苦悩や苦痛から逃れたとたん退屈にさいなまれると繰り返し述べている。ただしそこからより深い考察に進んでいるわけではない。ハイデッガーの方は、それほどまとまった論考を残したわけではなく、没後刊行された講演録の中に退屈への言及があったという程度で、これは川原栄峰《えいほう》が詳しく、かつ正確に（恐らく）紹介している（「ハイデッガーの『退屈』説」『実存思想論集Ⅳ　実存と時間』実存思想協会編）。

「存在」というのは、人間がこの世にあるということである、それはどういうことか、というのがハイデッガーの問題構制なのだが、ハイデッガーは「現存在」というものを想定する。ひとは、日常生活においては、さまざまな「はからい（Sorge）」に満たされている。いわば、世俗的な、今夜の夕飯をどうしようかとか、あいつと喧嘩しちゃったけれど困ったなとか、仕事が多くて大変だあとか、そういうものが「はからい」だと考えて良かろう（「はからい」は森田正馬《まさたけ》の用語だが、後の章で詳しく述べる）。けれどそういうはからいを取り去ってしまうと、ひとは「現存在」に立ち返ることになる。この「現存在」は、もしかするとキリスト教的な「良心」すなわち神－ゴッドであるかもしれないのだが、この裸になった現存在は、死に至る時間の中に宙づりになっているという位相にある。

つまり平たく言えば、ひとはいつ死ぬか分からないという不安を抱えていて、これを紛らわすためにさまざまなはからいを設けてごまかしつつ生きている、ということになるだろう。これは、あまり明るい気持ちになる話ではない。じっさい哲学者の梅原猛は、若いころハイデッガーを研究していて、人生に対して絶望的、自棄《やけ》っぱちの気分になり、めちゃくちゃな生活を送っていたという（『学問のすすめ』）。

となると、ハイデッガーにとって退屈というのが極めて重要な概念になるだろうということは容易に予想のつくことだ。なぜなら根本的な退屈というのは、はからいが取り払われた状態にほかならないからである。川原によると、ハイデッガーは退屈をとりあえず三つに分類している。第一は、「或るものによって退屈させられる」であり、例えば田舎の駅で列車を待つこと、である。これは分かりやすい。けれど、これはさして重要な退屈ではない。単に手持ち無沙汰、ということに過ぎないし、列車が来れば解消されるていのもので、たとえそこがロシヤで、列車が今日来るか三日後に来るか分からなくても、それはベケットのゴドーのようにいつ来るか、永遠に来ないのか分からないといったものではないし、ロシヤ人がこの種の退屈を避けようと思えば、なるべく列車に乗るようなことをしなければいいのだ。

第二の退屈は、「或ることに際して退屈する」であり、たとえばパーティーに招待されて、食べたり飲んだりおしゃべりしたりしていながら、ふと気がつくと退屈しているといった類である。これは第一のものほど単純ではないが、別言すれば、話の合う友人がそこにいて、談論風発、あるいはゴシップで盛り上がれば退屈しないのだから、やはり根本的な退屈とはいえない。ハイデッガーもそのことは十分承知していて、重きを置いているのは第三の退屈、「なんとなく退屈だ」である。

ここで例として挙げられているのは、「日曜の午後大都会の街々を行く」である。ここで川原が言っていることが重要なので引用する。

じつはハイデッガーは、退屈の第三形式は非常に深い、深くなればますます退屈は静かになり、非公開的になり、かすかになり、目立たず、したがって例を見つけることもできない、特定の状況もなければ、特定の機縁も何もない、或るとき突然ふとやって来るのだ、だから例を挙げろと言われても困る、けれども、まあ無理やり例を挙げるとすればこうだ——というふうに言って「日曜の午後大都会の街々を行く」という例を挙げているのです。けれども、私は、それにもかかわらず、つまり無理やりに挙げられた例であるにもかかわらず、やはりそこに「大都会」という言葉がある、ということに、(最初に申しましたように)私としては注目しているわけです。

「(最初に申しましたように)」とあるのは、川原がこの論文(講演に基づいたもの)の冒頭で、現代文明に触れていることである。

その点にゆく前に、ハイデッガーの結論の川原による要約を見ておくと、「退屈とは、根本的に言えば、哲学せよという誘いですね。(中略)大衆は退屈に耐えられないで、『技術的世界の非故郷的な』『娯楽へと逃避する』ばかり」だという。「故郷」というのは、はからいを取り去って現存在へ立ち返る状態を、ハイデッガーがそう呼んでいるのだが、ここにはドイツ・ロマン派的な思想が谺《こだま》している。そのことは今は措《お》こう。つまりハイデッガーは、退屈は悪いことではない、と言っている。それは今はやりの、「自分を見つめなおす」契機である、とでも言っているかのようだ。実は先ほど触れた『世紀』という雑誌の一九八二年五月号「退屈する」特集にも、こういう論旨のものが多かった。

たとえば山口逵子の「美しき退屈」は、シナの竹林の七賢とか寒山拾得とか西行とか鴨長明とか兼好法師の例を引いて、退屈から素晴らしい境地に至る例を挙げているし、奥村一郎の「退屈——その人間学と神学」では、動物と違って退屈できるということが人間の偉大さなのだ、と説いている。

しかし、どうも、ハイデッガーの時代には、まだ大衆は「娯楽」に逃避して済んでいたかもしれないが、現代ではどうもその「娯楽」すらたちまち飽きられてしまうようになっているのではないか、というのが私の問題意識だった。

そこで先ほどの「大都会」の話へ戻ろう。実はもう一つ、ハイデッガーに依拠しながら退屈を考察している、哲学者・酒井潔（学習院大教授）の「『退屈』の現象学」という論文がある。川原のものとほぼ同時期のものだ。これらがいずれもバブル経済の終焉期《しゅうえんき》に出ているのは暗示的だが、まず酒井は、現代におけるテクノロジーの進歩によって、自由な時間が増大し、その結果として人々は退屈を覚えるようになったと書き出している。ほかにも、退屈を論じるものの多くは、これを現代文明との関係で論じている。だが、そこに私は疑問を感じるのだ。なぜなら、確かに二十世紀におけるテクノロジーの進歩は、十九世紀の産業資本制の下での労働者と比較した時、自由な時間を増やしたと言えるかもしれないが、では資本制以前の農耕社会において、人々はそれほど多忙だっただろうか、と考えざるをえないからだ。

たとえば夏目漱石は「現代日本の開化」という有名な講演で、近代文明は多くの便利な機械類を発達させたが、その結果として以前にはなかった仕事が創出され、より一層多忙になるという悲劇に陥っている、と述べている。これはつい最近の、パソコンやインターネット、携帯電話などの普及を見ても分かることで、これらのために人々は、家に帰っても、電車の中でも、仕事に追い回されるようになっている。だから、近現代のテクノロジーの進歩が自由な時間を増大させたとは一口には言い切れないのである。そのことは改めて論じることにして、酒井の論文の内容は川原とほぼ同じ、ハイデッガーの紹介なので、もう一つ別の退屈に関する論文を見ておこう。

社会学者の退屈論

もう一つ、私が見つけたのは、社会学者・木村洋二（関西大教授）による「退屈論——世界の自明化と退屈の問題」で、二回にわたって発表されたやや長めのものだ。社会学といっても、その方法論が一定しているわけではないので、心理学や哲学を援用した総合的な退屈論になっている。木村はまず、「負荷－出力モデル」という心理学的なモデルを提唱する。人間が何らかの心理的負荷を受けた時、「心的エネルギー」と呼ばれてきたような「出力」が供給されるのだが、その出力は必ずしも負荷に対応せず、調整には時間的な遅れを伴う、といったものだ。木村の例で言うと、ヘビに突然出くわした時、それが負荷になり、それに対応する出力が供給されるのだが、供給が間に合わない時、その落差が「驚き」という感情を生む、という。また、試験などを前にして緊張している時、人はこれに対応して出力を供給するが、わりに試験が簡単だったり、合格したりすると、その出力は余分なものとなって、その落差が「安堵《あんど》」を生んだり、あるいは期待していた何ものかが現れない時に「落胆」になったりする、という。

ところが、その負荷が低い状態のままで続くと、出力も少なく、この種の気持ちの上下がなくなり、退屈が生まれるというのだ。これを「世界の自明化」という。

第二回で木村は、既に私が検討したような「遊び」論を、この退屈を紛らすものとして俎上《そじょう》に載せるのだが、こちらはさほど新味はない。というよりここに、気になる文章がある。

残業を抱えたサラリーマンや、繁盛している八百屋の主人は身体を壊すことはあっても退屈することはない。退屈するのは、窓際でする仕事もない人、さっぱり客の来ない売店の売り子、もう野良に出て稼ぐ必要もない近郊の農家など、なにもする仕事のない人たち、そしてしないからといって食べるに困らない「恵まれた」人たちである。

そうだろうか。「ルーティン・ワーク」という言葉が、退屈なものを意味するように、その種の単調な仕事、あるいは苦痛なだけで創造や達成の喜びを感じられない仕事に毎日追いまくられている人は、退屈しているのではあるまいか。夏目漱石は、未完に終わった最後の長編『明暗』を「機械的」に書いていていて、かなりの苦痛を感じており、午前中にその日の分の原稿を書くと、午後は漢詩を作ったりして心を休めていたという。小説を書くというような創造的な仕事であっても、喜びを生むとは限らない。学問とか、あるいは営利事業でも新しい顧客を開拓するとか大きなプロジェクトに携わるとかいう仕事が、時に大きな達成の喜びを生むことはよく知られている。しかし、人類が初めて月に降り立った時にはあれほど世界中が熱狂したというのに、それから数年のうちに、月探査のアポロ計画は、人々にすっかり飽きられていた。スペースシャトルにしても、日本人が乗り組んだ、女性が乗り組んだ、といった新しい要素によってしか人の興味をかき立てることはできない。「世界の自明化」は、一個人の中だけでなく、人類史的にも進行しているのである。

十五世紀から十六世紀に至る大航海時代には、アメリカ大陸が発見され、世界の全《ぜん》貌《ぼう》が輪郭なりと明らかにされ、それ以後着々と世界は隅々まで探索されるようになって、二十世紀には地球外にまで達したが、その結果分かったのは、太陽系はもちろん銀河系内にも、知的生命はおろか生命の痕跡もないという退屈な事実だった。政治社会史的には、十七世紀以後、市民の政治参加が進み、二十世紀には先進諸国はほとんど民主化され、残っているのは女のさらなる政治参加という課題だが、既に英国では女性首相が長期政権を維持したし、後は米国や日本で女性大統領、女性首相がいつ登場するかという問題だが、これとて日常化してしまえばもはや人々に興奮も驚きももたらさなくなるだろう。

前者の自然科学的な世界の拡大は、個人史にも影を落とす。たとえば一九六二年生まれの私にとっては、物心ついた時には既に人間は月に降り立っていたので、五七年にソ連の人工衛星スプートニクの成功に衝撃を受けたというその当時の文章を読むと、奇異な感じがする。けれどカラーテレビや家庭用ヴィデオデッキの普及には私は興奮させられたが、現在二十歳の者にとってはそれらは自明の存在にすぎない。

幕末明治期の日本の知識層の精神は極めて躍動的だったが、それが西洋近代という新しくかつ巨大な存在を知ったからであることは言うまでもない。そう考えれば、生まれた時から既に西洋近代はおろか、科学的にとらえうる事象のほとんどが先人によって開拓されている現代の若者の精神が不活発で、オカルトのような非科学的なものに回帰してゆくのも無理もないのかもしれない。

古代農民の消閑

けれど、そういう話は近代に限定されている。再び、ではたとえば前近代の農民は退屈しなかったのか、という問いを立ててみたい。確かに近代的テクノロジーの発達以前、農業はかなりの労力を必要とした。農作業そのものだけでなく、生活のためにも、さまざまな日用品を手作りで賄《まかな》っていたから、食事の準備を含め、かなり時間を取られていたのは確かである。

しかし、さらに中世まで遡《さかのぼ》って、二期作や二毛作がまだ発明されておらず、ごく原始的な農耕が行われていた頃、たとえば農閑期、あるいは夜など、何もすることのない時間というのはかなりあったのではないか。「母さんが夜なべをして手袋編んでくれた」という出だしの歌の中に「せめてラジオ聞かせたい」という一節がある。昭和三十年代の歌だが、ラジオさえない田舎を想起して作ったものだろう。それどころか、囲碁将棋、博奕《ばくち》、雑俳その他の娯楽は、徳川後期に町人の間に広まったものでしかない。中世以前の農民は字など知らなかったから、読む、書くといった消閑法もなかったことになる。こうして、現代人の知っている娯楽ないし消閑の方法を次々と抹消していくと、残るのは、音声言語、音楽、絵、そして身体ということになってゆくだろう。ただし、近代的なスポーツの類については、中世はおろか、近世の農民にすらその概念はなかったことは確認しておかねばならない。そもそも前近代の農民は「駆ける」ということができなかった。恐らく武士以外に「駆ける」ことを知っていたのは猟師と飛脚、駕籠《かご》かきの類くらいだろう。

音楽といっても、宮廷で用いられていたような楽器が農村にあったわけはない。三味線は、近世初期に琉球の蛇皮線《じゃびせん》（三線《さんしん》）が伝わり、都市部に広まったものだ。つまり、農村で音楽といえば、第一に歌のことである。むろん消閑ないし娯楽を提供する者として、遊藝民というものが、少なくとも中世以降には存在して、各地を遊行しつつ農村へも回っていただろう。傀儡《くぐつ》、拍子舞《ひょうしまい》といった類である。また農民は、駆けることは知らなくとも、舞い踊ることはできた。音声言語によって形作られたのは、口承、口碑の類である。それは口伝えによって伝わり、たとえば近世になって「御伽草《おとぎ》子」として纏《まと》められたのもその種の口承文藝であり、「伽《とぎ》」という言葉は、まさに中世以前の労働から解放された時間を塡《う》める娯楽のことであった。

さて、むろん、それ以上の最大の娯楽は、やはり酒とセックスである。古代から中世にかけての庶民のセックスの実態というのは、なかなか分からないので、多くは文化人類学が未開社会を調べてそれを古代の残存だと想定したのと同様に、近代に入ってから民俗学の世界で、まだ近代化の進んでいない農漁村の性行動を調査し、これをもって古代以来の庶民の性行動の延長上にあるものと考えたのが、日本における状況である。柳田《やなぎた》國男は、「婚姻の話」や『明治大正史世相篇』（講談社学術文庫、中公クラシックス）の中の「恋愛技術の消長」でこれを扱った。

性の問題については同時代の南方熊楠《みなかたくまぐす》も扱い、その後の高群逸枝《たかむれいつえ》が文献を用いて『招婿婚の研究』を書き上げ、さらに後の宮本常一《つねいち》や赤松啓介が、昭和初期にまだ各地に残っていたと想定される性風俗を調べ、書いたとされている。(1) もっとも、日本の民俗学という学問には多分に過去賛美的な、ロマン主義的なところがあって、赤松はもちろん、柳田にも、近代的な統制を受けていない前近代の「おおらかな性」をポジ

ティヴに捉《とら》えすぎる傾向があった。(2)

もっとも、良い悪いを別として、「退屈」という側面から考えるなら、若者にとってセックスとそれに至る過程、そしてその相手との言葉のやりとりは、何よりの娯楽だったと言えるだろう。そこでたとえば「夜這《よば》い」風俗などというものが、一部人士の好奇心をかき立てることになるのだが、やはり理解しておかなければならないのは、それがそもそも現代のような多様な娯楽のない世界における遊びだったということである。何の本で見たのか忘れてしまったのだが、恐らく昭和初期の農村で、一日農作業に従事していた老婆が、日暮れ時、仕事を終えて田の畦《あぜ》に座り込み、「ああ、えらかった」と言いながら陰部に手を差し入れてオナニーに耽《ふけ》るという光景が目撃されている。オナニーにせよセックスにせよ、それは重要な娯楽だったのではなかろうか。

人類学による「退屈しのぎ」としての性

歴史学、文化人類学、民俗学は、おのおの方法を異にする。歴史学はまず文献に依拠し、文化人類学は研究者が未開社会へ出掛けていってその習俗を調べ、民俗学は自国の濃漁村へ行ってその種のフィールドワークを行うという違いがある。ところが厄介なのは、文化人類学を始めたヨーロッパ人たちが基本的にキリスト教国の人間だったせいもあって、未開社会の研究は、まず宗教や儀礼という観点から進められたという事情である。何が厄介かというと、確かに宗教や儀礼はひとつのシステムを持っているのが普通だから、研究報告や分析には都合がいいけれど、その結果として、セックスもまた宗教的な観点から見られるようになり、そもそもそれが娯楽だったのかどうか、宗教や儀礼に関する記述の中に埋没してしまって分からなくなっているからである。

事実、「遊び」の相のもとに人類文化を探究しようとしたホイジンガのエッセイさえ、最終的に「聖なるもの」の呪縛に捕らわれてしまったことは既に述べた。ルネ・ジラールもまた、当初は「欲望」について論じていたのに、次第に「聖なるもの」への関心を強めていき、むしろフロイトの「父殺しと一神教」理論の書き換えのような仕事（『暴力と聖なるもの』邦訳、法政大学出版局）へと進んでしまった。じっさいジラールはカトリックなのだが、キリスト教徒でない日本人民俗学者もまた、西洋の社会学、文化人類学の影響を受けて、「性」を「聖なるもの」へと結び付けようとする傾向を持っていた。南方もその例外ではない。だから、フレイザーのいう類感呪術の一種としての、豊穣儀礼としての神に捧げるセックスのようなものが注目を集め、柳田は中世の藝能民に宗教的な役割を見ようとしたのだし、南方は男色に「浄」という価値を見出そうとした。(3)

だが、夜這いであるとか婚外性交であるとかが、常にそんな宗教的な意味合いを持っていたと考えるのもおかしな話だ。宗教的な意味がなければ、近代人の目から見て放埓《ほうらつ》なセックスを位置づけることができないというのも、立派な近代的偏見であろう。だから、ここではとにかく「聖」だの宗教だの儀礼だののことはひとまず忘れよう。そして「性」を「退屈しのぎ」の「娯楽」として捉えてみよう。先に触れたショーペンハウアーは、「退屈」を「性欲」には結びつけなかった。

ひとはここで、「退屈しのぎ」のための性、という考え方に、もしかすると微《かす》かな、あるいは時にはひどい違和感を感じるかもしれない。性とはもっと崇高な、神聖な営みではないのか、と思うかもしれない。けれど、人類以外のほとんどの両性生殖を行う動物がそうであるように、交尾のような性行動は生殖のためのものであって、決まった発情期に、雌の排卵期に行われるものだ。人類はなぜか、発情期を失い、四季に、しかも排卵による妊娠の可能性の有無に関わりなく交わるようになってしまった。それはなぜなのかということは、後で論じるが、そこに「退屈しのぎ」という一面があるという可能性は捨てずにおこう。

キリスト教は生殖目的以外の性交を禁じたが、そのために、大航海時代以後、非キリスト教世界における奔放な性行動に驚き、狼狽《ろうばい》し、それらに宗教的な意味を付与しようとした。「遊び」論が、いつしか「聖なるもの」の罠《わな》にはまっていったのも、その名残《なごり》なのではないか。シナ文明においても、道教思想は、陰陽和合という何らかの価値を、性行為に付与しようとした。インド文明はむしろ快楽を肯定した。

性行為を聖性と結び付けようとした最初の試みは、おそらくヘロドトスの『歴史』（邦訳、岩波文庫）に描かれたバビロニアの神聖売春だろう。しかしこの記述は、むしろ、ギリシャ人の知性にとって余りにケイオティックに見えた性を合理化するために「神々」を持ち出そうという試みの一つだったように思える。二十世紀の文化人類学が未開人の「性」を記述し始めた時、そこに宗教性を見出すことはむしろなかった。却ってヘロドトス的な合理化の欲求に捕えられた文化史家——西洋ならシューバルト、日本でなら中山太郎——が、改めて性と宗教性を結び付けようとした形跡がある。

その文化人類学者、マリノウスキーが、ニューギニアのトロブリアンド諸島の未開人を調査した『未開人の性生活』（邦訳、新泉社）を見ると、ここでは男の子は十歳から十二歳の間、女の子は六歳から八歳の間に、性生活を始めるという。まだ精通のない男の子も、勃起が起これば性交をする。関係が継続的になれば彼らは「恋人同士」と見なされるが、正式に夫婦として認められるまでは、性交すること自体は何ら女の子にとっても恥ではないが、もし妊娠してしまったら恥になるというのは、この書物の中で最も謎めいた部分である。

少なくともマリノウスキーが聞き取ったところによれば、トロブリアンド島民は性交と妊娠の間に因果関係があるとは思っておらず、正式に結婚することによって女は男の精液の助けを借りることなく妊娠すると信じているという。だから、結婚もしていないのに妊娠することは、何らかの間違ったこと、恥になる。そして島民は、醜いためにどの男からも相手にされていないような女でも子供を産んでいるということを、マリノウスキーに、性交と妊娠が関係ないことの証拠として提示するのである。もちろん私たちにとっては、そのような女ともこっそりと性交する男がいるのだ、という推論こそ妥当だ。しかしマリノウスキーやフレイザーの、未開人は性交と妊娠の関係を知らないという理論は、後にエドマンド・リーチやメルフォード・スパイロによって、「未開人は無知であるべきだ」という西洋人の偏見の反映だと批判され、「処女懐胎論争」となった。むろん、あらゆる未開人がそうだとマリノウスキーが言っているわけではない。しかしリーチやスパイロの批判は政治的であって、事実そうであるとすれば学問的に否定するほかあるまい。たとえば、動物の交尾と妊娠の関係についてトロブリアンド島民は知っている、とマリノウスキーは言っているが、私は、多くの小学生が、動物が交尾した結果として妊娠することを知っていながら、ヒトだけは例外的にそうではないのだと考えているのを知っている。結局、この論争には決着が付いていない。

けれど、ここで重要なのは、性交、その他の性的な遊びは、純然たる「遊び」として捉えられているということだ。トロブリアンド島民は、子供を産む、ということを恐らくは生産的な活動と見なしているだろうが、そのことと性交とは切り離されている。ということは、性交と妊娠の因果関係を認識している文明人が考えるように、ないしカトリックが、だからこそ性交は繁殖のために許されるのだと考えたように、性交は「生産的」な行動と見られてはいないということだ。それは純粋な遊びなのである。

トロブリアンド島民はもちろん、ボッカチオに比べても、ヴィクトリア朝的な性道徳から逃れられなかったホイジンガは、「遊び」を「目的を持たないもの」と定義しながら、性交や性的な遊びという、ヒトにとっての最大の「遊び」を直視し、それが目的を持たないものであるという事実を認められなかった。ホイジンガが、「目的のない遊び」と言いながら「聖性」という「目的」を設定してしまったのは、恐らくこれが最大の原因である。

もっと最近の人類学的調査でも、性交、特に姦通が、純然たる遊びとして報告されている。河合香《かおり》吏（東京外語大アジア・アフリカ研究センター准教授）が報告するケニア中央部のチャムス族は、男の精液と女の経血が混じって妊娠が起こると考えており、「性行為を伴う異性関係は、割礼前の少年・少女時代の夜の歌と踊りの場にはじまる」として、それは十歳くらいからだという。この部族では割礼が性行為にとって重要な禁忌の基準となっており、「①割礼前の少年と少女の性交は自由である。②割礼後の青年と割礼前の少女でも自由である。ただし、割礼前の少女の妊娠は禁忌であり、①②ともに妊娠は許されない」。割礼と初潮が必ずしも関係があるわけではないので、この「妊娠が許されない」という判断はトロブリアンド島民のそれに似ている。「③割礼前の少年と割礼後の女性の性交には禁忌がある。④割礼後の青年と割礼後の女性には禁忌はない」。だから、「割礼のすんだ少女と割礼前の少年たちは③の禁忌によって互いに避けあうようになる」。だが、問題は性行為を伴う婚外の異性関係の相手を「ランガタ（男性）」「ンガンガタ（女性）」と呼び、既婚女性の多くは、ランガタを持っており、「これまでにランガタをもったことがない女性は皆無といってよいかもしれない」ということだ。また菅原和孝《かずよし》が報告する、ボツワナとナミビア、カラハリ砂漠に住むサン族にも「ザーク」と呼ばれる婚外性関係が存在するということだ。[4]

その詳細は、河合や菅原の報告を見てもらうとして、私が確認したいのは、「文明」によって「性」にさまざまな「意味」が付与される以前の段階において、性は、必ずしも生殖のためでも、むろん宗教のためでもない、「遊び」だったということ、そしてこれこそ、平均寿命が四十くらいである未開人の世界では、最大の「退屈しのぎ」だっただろうということであり、ユダヤ‐キリスト教のように「性」の持つ攪乱《かくらん》的性質を嫌う文明、一部の仏教のように性を悟達の一方法と見る文明、道教のように性を健康維持の方法、ないし世界把握の方法と見なす文明等は、「性」がそもそも

「退屈しのぎ」であったという生々しい真実から目を逸らすための理知の働きだったのではないかということだ。

（1）簡単に読めるものとして、松居竜五他編『南方熊楠を知る辞典』（講談社現代新書）、宮本常一『忘れられた日本人』（岩波文庫）、赤松啓介『夜這いの民俗学』（明石書店）を挙げておく。『忘れられた日本人』に収められた、ある老人の回想記録「土佐源氏」は優れた文藝として知られており、宮本他編の『日本残酷物語　一』（平凡社ライブラリー）に別ヴァージョンが収められているが、その元本が、宮本執筆によるポルノ小説として発見された。詳細は『柳田国男研究年報3　柳田国男・民俗の記述』（柳田国男研究会編、岩田書院、二〇〇〇）に、井出幸男の論文および資料として元本の全文が収録されている。

（2）日本民俗学の夜這い礼賛の風潮については、拙著『恋愛の超克』の「夜這い、買春、民俗学」で述べておいた。

（3）中沢新一編『南方熊楠コレクション　浄のセクソロジー』（河出文庫、一九九一）参照。

（4）高畑由紀夫編『性の人類学』（世界思想社）所収論文。

第四章　霊長類学からの挑戦

私が「退屈」と言っているのは、もちろん「ヒト」の話である。では、動物は退屈しないのだろうか。子供のころ、私はセキセイインコを飼っていた。今ではすっかりものぐさな人間になってしまったが、そのころは、毎日入念に餌《えさ》や水の取り替えをしたものだ。けれど、ときどき、ふと思ったのは、インコたちはこんな狭い籠《かご》の中にずっと閉じ込められて、退屈しないのだろうか、ということだった。籠の底には古新聞を敷いていたので、子供ながらに馬鹿げた空想とは思いつつも、これを読めば退屈が紛れるんじゃないかなあ、などと考えたことを思い出す。

人間なら、たとえば電車の待ち時間とか、電車の中などでは、本を読んだりして時間をつぶす。最近なら、ヘッドフォンステレオで音楽を聴いたり、時に携帯電話で話したり、ゲーム機で遊んだり、果ては携帯メールをやりとりしたりしている。けれど、そんなに「本」が普及しておらず、庶民の識字率が低かった昔はどうだったろう。もちろんその頃は電車はおろか汽車もないから、長時間一人で過ごすということはあまりない。

読み書きのできない庶民が旅をするなどということは、日本の徳川時代ならお伊勢参りくらいだが、たいていは数人連れで出掛けるから、暇な時間はおしゃべりをして過ごすし、今のように日本人は人見知りではなかったから、一人旅の商売人が茶店で一休みすれば茶店のおやじなんかと言葉を交わしただろう。「三人旅」という落語では、やはり庶民三人連れの旅で、馬に乗ると、馬方がほら話をして客を飽きさせず、「旅人を口車にも乗せてゆく」といって、退屈させないのも技術のうちだと言っている。ちょうど今なら、美容師や散髪屋がそうだ。いちおう待ち時間は雑誌などを客に与えておくが、いったん整髪が始まると、客と会話をするのも彼らの仕事になる。

動物が退屈しないかどうか、これは難しい。さすがに、爬虫類《はちゆうるい》以前の動物となると、蠅《はえ》や蚊《か》や蝶《ちよう》や蛙《かえる》や蛇が「退屈」するとは考えにくい。哺乳類《ほにゆうるい》になると、たとえば犬など、散歩に連れていかないと不機嫌だし、主人が留守にするとくんくん寂しそうに鳴いていたりする。リスは籠の中に入れた遊具をくるくる回して遊ぶ。それにしたって、この犬やリスの例は、飼われているものの例であって、犬や馬のように、家畜になって久しいものは、自然状態の時の生活様態を忘れていると考えるべきだろう。だいいち犬だって、鎖《くさり》に繋がれているから遊び相手を求めたり散歩を求めたりするのである。

では、人間にいちばん近いサル、中でも類人猿は、どうだろうか。類人猿と呼ばれるオランウータン科の動物は、チンパンジー、ゴリラ、オランウータンだが、このうちオランウータンが一番遠いらしく、チンパンジーとゴリラは、ヒト科に入れてもいいのではないかという意見もあるし、虎とライオンの雑種であるライガーとか、ライオンと豹《ひょう》の雑種であるレオポンのように、チンパンジーやゴリラとなら、ヒトとの雑種も作れるのではないかともされている。もちろんそんなものを作るのは人道上許されないから誰も実験しないけれど(1)、歴史上のどこかで、そういうものが産まれた例というのも聞かないから、やはり自然状態では妊娠期間が違う等の理由で不可能なのかもしれない。

サル学の成果――発情期の謎

サル学というものは、最近ではいろいろと面白い成果をあげているらしい。特に、世界で最も北に生息するとされるニホンザルを使っての研究で、日本は独自の地歩を占めているという。そこで、「退屈」の究明のため、サル学を参照してみることにしよう。

言うまでもなく、ヒトには発情期がない。たいていの動物には発情期があって、メスが排卵する時を狙って交尾が行われる。動物行動学におけるセックスの研究は、まず、いかに自分の遺伝子を有利な条件で残すかということが動物たちの第一目標だという観点からなされている。ヒトが、排卵期でもないのに性行動をするのは、だからたいへん不思議なことのようなのである。

のようなのである、と書いたのは、正直言って、動物行動学者の書く文章で、なぜヒトは妊娠に結びつかないようなセックスをするのか、と書かれていると、どうも私のような門外漢には不思議に見えるからで、もしヒトも動物と同じように、自分の遺伝子を多く残すことを第一目標とするなら、そもそも人工妊娠中絶をしたりすること自体が変なのである。しかしそこはそれ、産まれた子供を養育院の門口に置いてきたりすれば、あとあと世間から非難を浴びることになるし、それは社会というものの成立した後の話だ。動物行動学者が言っているのは、ヒト、つまり現世人類において、なぜ発情期がなくなった、というよりのべつ発情しているようなことになってしまったのか、ということである。

しかし、調べてみると、ほぼ六百万年前、アフリカで、ヒトの直接の先祖ではないらしいけれどもその親類にあたる原人、つまりアウストラロピテクスが出現し、ついでさまざまな人間の祖型とも言うべき種がアフリカとユーラシア大陸を中心にいろいろと発生し、その中の一系統が原生人類になったというのが現在の考え方であって、「原人・猿人・旧人・新人」といったふうに進化したわけではないらしい（内田亮子《あきこ》『人類はどのように進化したか』勁草書房）。それにしても、ホモ・ハビリス、ホモ・エレクトスが出現し、ネアンデルタール人が出てきて、クロマニョン人が取って代わる過程のどこで、発情期が消えたか、ということは分からない。

もちろん現代の学者にとって残された資料は化石や遺跡だけで、そこから生活様式、たとえば何を食べていたかとか寿命はどのくらいだったかとか家族を形成していたかとかは推測できるようなのだが、交尾の様式となると分からないようで、そこで今度は、途中で分岐したヒトの親類である類人猿や、現代でも原始的な生活をしている未開民族を調査したりする。

ところで先に言っておくと、いくつか動物行動学の本を読んでいるうちに、これはけっこう学問として胡散《う　さん》臭いものが紛れ込みやすい世界らしいということが分かった。物理学や化学、数学のような厳密な学というより、文学研究とまでは言わないまでも、精神医学のある種のもの程度には、厳密性に欠けるのである。なかんずく、類人猿の研究からヒトの起源を探ろうとする研究は、時に「トンデモ本」じみた仮説が飛び出すことがあるらしいのだ。たとえば数年前に、ヘレン・フィッシャーの『愛はなぜ終わるのか』という本が草思社から邦訳されて話題になったことがある。これは原題を『アナトミー・オヴ・ラヴ』つまり「愛の解剖学」と言うのだが、動物行動学から類推して、人間の「愛」つまり男女間の紐帯《ちゆうたい》は、四年ていどで終わるべく宿命づけられているのだ、と論じていた。だがこの本を「トンデモ本」と断じた日本の評論家もいた。(2)

確かに、サルの行動をもって、ヒトの行動の起源と見なすことが科学的に正確かどうかは疑わしい。けれど、竹内久美子の本格トンデモ本などに比べると、フィッシャーの著書は海外でも学術書として扱われている。要するに、動物の行動からヒトの行動を説明するというやり方自体が、厳密な科学とは言いがたいと同時に、仮説としての価値を全否定することもできない、つまり代替案の見当たらない領域であって、もし厳密に科学でありたいのなら、この種の仮説形成は一切諦めるほかないのである。私がここで述べようとしている議論も、この趨勢《すうせい》においては、トンデモになってしまう恐れなしとしない。前もって断っておく。

排卵隠蔽に関する諸説　ボノボ

さて、発情期である。ヒトに発情期がない理由について、ジャレド・ダイアモンドはいくつかの説を紹介している（『人間はどこまでチンパンジーか？』邦訳、新曜社）。サルのメスはふつう、排卵期になると性器周辺を赤くしたりしてその印を示すことによってオスを誘う。そのような視覚的信号がない場合でも、排卵期であることがオスに分かるような匂いその他の信号を出す。だが、もちろん、ヒトは出さない。服を着ているから見えないのではなくて、裸にしても分からない。

ダイアモンドを始め、サル学者はみな、これを「排卵を隠している」と見なす。その上で、なぜヒトのメスは排卵を隠すのか、というふうに推論を加えていく。そして、多くのオスと性交し、結果として妊娠した子供がどのオスの子供か分からないようにして、多くのオスから餌を貰《もら》ったりするための「たくさんのパパ」戦略説と、排卵期であってもなくても、オスを身近に引きつけておくため、ご褒美として性交させてやるための「マイホームパパ」戦略説、そのほか、男同士が女をめぐって争いにならないよう、排卵もセックスそのものも隠されるのだという、多くの男性人類学者たちに人気のある説、一夫一婦制の基礎ができるからという、やはり男の人類学者に人気のある説、その他変わった説としては、ヒトの場合、出産時の苦痛が大きいので、メスが妊娠する可能性を排除したがり、メス自身から排卵を隠すために排卵信号がなくなったのだという説（ナンシー・バーレイ）などが紹介され、ダイアモンドは、単一の原因によって排卵が隠されたり隠れてセックスをするようになったとは言えないと妥当な結論を出している（なおダイアモンド『セックスはなぜ楽しいか』邦訳、草思社、も参照）。

だが、どうも私はこの、始めの「なぜヒトのメスは排卵を隠すのか」という設問の仕方が疑問なのである。というのも、進化の過程で、始めに排卵信号が消えてから発情期がなくなったのか、発情期がなくなってから（つまり排卵信号があろうとなかろうと）性交をするようになり、そのうち排卵信号自体が消えてしまったのかは分からないからである。特に、いまダイアモンドが挙げていたバーレイの説など、自分の遺伝子を残そうとする観点からのものではない。果してヒトの先祖、ないし原始時代のヒトのオスは、たとえ育児の負担が大きくてたいへんであっても自分の遺伝子を残すことを優先したか、それとも自分自身が自由であることの方を選んだか、となるともう決定不能の変数になってしまう。

その点、ザイール（現在のコンゴ民主共和国）で、ヒトと同様に頻繁に交尾するサルであるボノボ（ピグミーチンパンジー）の調査研究をしてきた榎本知郎の仮説のほうが、私には納得がいく。とはいえ、榎本は、ボノボやヒトが、ゴリラやナミチンパンジー（普通のチンパンジー）と違ってネオテニーである、という点に着目し、「愛」という感情の起源を探ろうという壮大な意図を持っているので、全体としてどうも胡《う》散《さん》臭げに見えてしまうのは否めない（『愛の進化』どうぶつ社、『ボノボ』丸善ブックス）。ネオテニーというのは、幼形成熟と訳される、ある種の動物が、幼生の形態を保ちながら成熟す

る現象を指している。(3)

榎本は、「遊び」という要素を重く見ており、詳細は榎本がなかなか軽妙な文体で著した著作を見てもらうことにして簡単に紹介すると、一般の類人猿は、子供の時にはよく遊ぶが、大人になると遊ばなくなるのに、ボノボはヒトと同じように、大人になっても遊ぶ、と榎本は言う。それが、ボノボとヒトがネオテニーである一つの印だというのだが、これは少々怪しい。まず、ボノボとヒトがネオテニーであることは、子供の時の頭蓋《ずがい》の骨格と大人になってからのそれとがあまり変わらないことに示されている、と榎本は言う。普通のチンパンジーやゴリラの子供の頭蓋骨は、ちょうどヒトのように球形ないしラグビーボール様の形をしており、成長すると下顎《かがく》が大きく発達するが、ボノボとヒトでは、ほぼその形状のまま大きくなる、というのだ。

それはまあいいとしよう。問題は「遊ぶ」だが、類人猿の子供が「遊ぶ」という時、当然それは、行動として示された遊びである。そしてボノボが大人になってもよく遊ぶという時も、これを指している。だが、果して「遊ぶ」という現象について、ネオテニーという概念を用いるのは妥当だろうか。ネオテニーではない犬や猫も成長してから「遊ぶ」ではないか。けれど、ヒトの大人も遊ぶという場合は、遥かに複雑化した社会での、賭博《とばく》とかゲームとかのことを指している。ここでは未開民族をもう少し遡《さかのぼ》ったくらいのレベルで考えてみよう。賭博もゲームも、まだ考え出されていない。

ヒトの大人は、何をして遊んだだろうか。

ここで、セックスではないか、と考えてみる。ダイアモンドは、なぜヒトは排卵に関係なくセックスするのか、という問いへの予想される答えとして「楽しいからに決まってるじゃないか」というものを先取りして、しかし発情期にしか交尾しないサルだって交尾を楽しんでいる、と答えている。けれど、もし本当に交尾が楽しいのなら、発情期以外にもそれをすることを考えても良さそうなものではないか。もちろん、メスの性器そのものが、排卵期以外にはオスのペニスを受け入れる状態になっていない、ということはあるだろう。

ところが、ボノボに関して言えば、排卵うんぬんはもちろん、挿入できるかできないかにも必ずしも関係なく、「性的な遊び」をするというのである。『ボノボ』によると、交尾には子供たちが興味を示し、交尾が始まるとそこへ駆け寄って、オスの背中に乗ったり、自分の脚や腕をオスとメスの間に差し込んだり悲鳴をあげたりするが、これは交尾を見て性的に興奮するかららしい、という。かつボノボのオスはすぐペニスを勃起させるし、メスのボノボはオスから餌を分けてもらうために交尾するなどという売春まがいのこともするという。ただし榎本は、「人間のそれと違って、男が性欲の解消のためセックスするというような意味は薄」く、「メスがオスのものを分配してもらうための儀式だと言った方がいいのかも知れない」としている。

「性欲」とは何だろうか。この日本語自体は、明治時代に発明されたものだが、それ以前は「情欲」などと呼ばれていた。ただし、それが動物的な、本能的なものだという理念は、むしろ西洋近代の進化論の影響で生まれたものだと言っていいだろう。だが実は、時を選ばず発動する性欲などというものは、大方の動物にはないのであって、むやみとセックスしたがる人間を「ケダモノ」などと呼ぶのは、むしろケダモノに対して不当な言い方なのである。

ボノボは確かに、ヒト以外で、時を選ばずセックスする珍しい生き物だ。たとえば、大人のメスと子供のオスの交尾、などというのもある。榎本が挙げている例では、子供はペニスを挿入しようとしてもなかなかうまくいかず、ようやく射精しても精子が形成されていないから透明な液体だったりするという。ほかに、大人のオスと赤ちゃんのメスとさえ交尾の真似事をするらしい。ヒトだったら幼児虐待だが、ペニスをこすりつけるだけで、挿入したりはしないらしい。さらに榎本は、ヒトの男児も、赤ちゃん、いな胎児でさえペニスを勃起させるし、オーガズムにも達する、と付け加える。いわゆる小児性欲と言われるもので、幼児もオナニーをすることは知っている人は知っている。フロイトが言うように、おそらくこれはほどなく「抑圧」されて思春期まで隠れている。

榎本はさらに、ヒトの母親が赤ちゃんを愛撫している時、「私は確かめたことがないが、男の赤ちゃんは、そんなとき勃起しているのかもしれない」と言っている。何やらおぞましい話になってきたと思う人もいるかもしれないが、実は西洋人がアメリカ大陸を発見した時、その地の先住民の性生活に衝撃を受け、キリスト教的な性をめぐる常識を震撼《しんかん》させられたというのは、歴史のほうでは有名な話だし、西洋人がそのような未開民族の性生活を冷静に眺めるようになったのは、二十世紀のマリノウスキーあたりからなのである。

このようにボノボが、現代人の目から見ると、いや他の類人猿と比べても「奔放」な性行動をするのはなぜなのか。

つまりこれは「遊び」なのである。ここで先の、サルも交尾を楽しんでいるなら、なぜ発情期以外にもやらないのかという問いに、微かな解答の可能性が見えてくるのである。もともと交尾は、昆虫から哺乳類まで、多くの動物において、生殖のためのものである。けれど、もしそれが「楽しい」のだとすれば、生殖に繋がらない排卵期以外にも交尾してもいいはずだ。けれど、その転換には、進化の上での大きな飛躍が必要だ。

ダイアモンドは、ヒトが現代のような文化を作り上げるために、進化の上で突如として大躍進が起こったと書いている。六百万年前に原人が登場し、十万年前にホモ・サピエンスが現れても、その生活様式の進展は微々たるもので、それがわずか四万年前にクロマニョン人が出現すると、とたんに石器、住居等が爆発的に飛躍を見せたのだという。とすれば、「遊びとしてセックスをする」というのも、ヒトに隣接するナミチンパンジー、ゴリラなどの中で、ボノボだけが突如として何らかの理由で獲得した技術なのではないか。

ではボノボの知能は特に高いのだろうか。知能を測るのに、言語習得が可能か、という問題設定がある。ただし、原人や猿人でも、口蓋《こうがい》が分節言語を操れる構造になっていないから、ヒトのように話すことはできなかっただろうと言われている。言語を操れるかどうかと、音声として言語らしきものを発音できるかとは別問題であることは、鸚鵡《おうむ》や九官鳥が人の言葉をまねできても知能が高いというわけではないことからも分かるだろう。類人猿の場合も、手話をいくつか操れるようになったチンパンジーや、「カンジ」というボノボが、英語を聞き取って意味を理解できるとか、日本で松沢哲郎が育てているチンパンジーの「アイ」ちゃんも有名だ。

「退屈」と遊びとしてのセックス

しかし言語習得の話は後にしよう。少なくとも、ゴリラ、チンパンジーなどの類人猿の知能が高いことは分かった。かつて、鯨《くじら》の類も高い知能を持ち、互いに信号を送って会話をしているのではないかとされていたことがあるが、これも最近では否定されつつあるようだ。そしてここで、私の壮大な仮説が炸裂《さくれつ》することになる。勘のいい方はもうお気づきだろうが、私は、脳が発達し、知能が高くなると、動物は「退屈」を知るようになるのではないかと考えているのだ。これは恐らく、進化というメカニズムが予測もしなかった事態に違いない。

一部で言われているように、進化というのが、その種をさらに外界に適応させ、遺伝子を残そうとする動きであるとすれば、個体は成長して子供を産み、その子供が十分成長するだけの環境を作ればいいのだし、その間、親の個体もまたより多く生き残れるように環境と調和していければいい。ところが、人間の先祖を含む高等霊長類において、脳が大きくなったのは、まずその進化の結果であり、ヒトが現在事実上地球の支配者のごとくに振る舞えているのもその大脳のおかげだとすれば、まことに進化の原理に適ったことなのだが、大脳はその利点の背後に、食事や採集、狩猟、生殖、休息といった、個体の生存と遺伝子を残すための行為のほかのあまった時間に、「退屈」を覚えてしまうという重大な副作用を持っていたのではあるまいか。

もちろん、ボノボやヒトは、退屈という単一の原因から恒常的にセックスをするようになったとまでは言うまい。しかし少なくとも、それが原因の一つであると言えないだろうか。しかし、榎本の説明には、この要因は入っておらず、代わりに入っているのがネオテニーなのだ。ボノボは、成長してからも遊ぶだけでなく、母親との絆《きずな》を保ちつづける。そこが他の動物はもちろん、ナミチンパンジーやゴリラとも違うところで、それが一つの要因となって、遊びとしてのセックスが生まれ、遂《つい》には他の個体への愛着が生まれ、「愛」が生まれた、と榎本は言う。

動物進化学の面からネオテニーを再評価した、スティーヴン・ジェイ・グールドの『個体発生と系統発生』（邦訳、工作舎）に拠るならば、ネオテニーは「成熟の遅滞」であり、そのことが複雑な脳の発達を可能にし、学習能力を飛躍的に高めた、とする議論が存在する。グールドはあくまで進化学の立場からネオテニーを重視しており、家族の起源といった議論にここでは積極的に関わろうとはしていないが、「夫婦の絆は、このように依存的なこどもが次々と生まれてくることによって強められたにちがいなく、ヒトの家族を起源させるにあたってのいちばんのはずみは遅滞された発育にあると多くの研究者は見てきた」と書いている（五四七―五〇頁）。だから、ネオテニーが「家族」形成の起源になったという榎本の説明は一般的なものだ。

さて、そうしてみると、ボノボの場合、メスによる排卵信号が、性皮と呼ばれる性器の部分が赤くなるという形で現れるにもかかわらず、交尾や性戯がその信号とは別個に行われることを考えると、ヒトの先祖の場合も、排卵信号は後になって消えたと考えたほうがいいように思われる。だが、性器が赤くなるといった視覚的な信号は、直立二足歩行をするようになった原生人類の場合、役に立つかどうか疑わしい。恐らくここでも、かなり複雑な進化の過程を経て、原生人類は排卵信号をなくし、恒常的にセックスするようになっていったのだと考えるべきだろう。

セックスというのは、だから、ヒトにとっては、生殖を目的とするものであるのと同じように、ないしはそれ以上に、退屈しのぎの「遊び」なのである。ところがこの「遊び」には、いろいろな制約が伴っていた。第一に、やはり生殖という元来の目的どおり、その気もなかったのに妊娠してしまう、ということがあるし、メス（女）をめぐって他のオス（男）との争いが生じることもあるし、近親相姦の忌避ということもあるから、むやみと相手構わずするというわけにはいかない。だから、まず相手を選ぶということが必要になってくるのだが、一夫一婦制自体は既にサルにも見られるものだ。

ヒトの先祖は言語で何をしたか

ヒトが他の動物と大きく異なるのは、何より言語を操るという点においてである。では言語とは何か。それは、たとえば蜜蜂《みつばち》が、餌となる蜜のありかを仲間に知らせるために行うダンスとは違うのか、ないし鯨やイルカが音声によって何かを知らせ合っている、つまりコミュニケーションを行っている、というのとは違うのか。かつて、鯨やイルカのコミュニケーションは、「言語文化」の重要な鍵と考えられていたことがあったが、残念ながら、最近ではこれらは極めて原始的なもので、さほど複雑なものではないことが分かっているらしい（フィッシャー『ことばの歴史』邦訳、研究社）。では、ヒトの言葉がどのように、今日のような形にまで進化してきたのか。いずれにせよ、頭蓋骨の構造から見て、ホモ・サピエンス以前のヒト類は、分節言語を発声することはできなかったらしい。ならば、分節言語の発声によって、ヒトはどのような内容のコミュニケーションを順番に発達させていったのか。

まず最初に来るのが、「ヒョウだ！」のような警告、「どこそこに餌がある」のような蜜蜂同様の情報など、生存のため最低限必要なものだったことは確かだろう。では、次に来るのは何か。必ずしも必要ではない情報、ということになるだろう。テレビでも二度ほど紹介されたように、米国のスー・サヴェッジ＝ランボーが調査しているボノボのカンジ、その妹のパンバニーシャは、音声を発することができない代わりに、単語をパネルにしたものを使って、かなり高度な会話ができ、かつ英語がかなり理解できるようになっている。カンジやパンバニーシャは、単なる伝達事項だけではなく、サヴェッジ＝ランボーと「約束」をしたりできる。ただし、叱責を理解したり、これをしてはいけない、というようなことなら、犬その他のペットでもできる。だがカンジが興味深いのは、ランボーがヴィデオで作成した「虚構」を楽しむことができる点である。犬や普通のサルでも、テレビに映ったものに対して興奮したり攻撃したりすることはあるわけだが、このボノボたちはそれが仮像であることを理解しているらしいのである。しかしもちろん、原生人類の世界で、ボノボに対するランボーのように、アイテムを準備してくれる者がいるわけではないから、ボノボを使っての実験は、数十万年かかって起こった人類進化の過程を推測することができるという意味があるだけなのだが、では人類の言語の進化はどのように進行したのだろうか。

「遊びとしてのセックス」という観点からは、求愛のための言語が、必要な情報伝達の次に発達したのではないか、と考えることもできる。実際、孔雀《くじゃく》のオスは求愛のためにダンスをするし、十姉妹《じゅうしまつ》などの小鳥は歌を歌うことでメスを獲得するというし、後者には文法構造があって、より複雑な構造の歌を歌えるメスのほうが繁殖戦略において有利なのではないかという研究もある（岡ノ谷一夫『小鳥の歌からヒトの言葉へ』岩波書店）。しかし、踊りは言語ではないし、小鳥の歌は歌といっても言葉を含まないものだ。たとえば未開人が踊りによって求愛したとしても、まだそこでは言語は進化しない。

では歌はどうか。言葉付き、つまり歌詞のある歌を歌うためには、かなり高度な、文藝の発生といってもいいほどの技術を必要とする。日本では古代文学の研究において、折口信夫以来、歌（この場合和歌）は呪術から、あるいは神への呼びかけのようなディヴィネーション（神降ろし）から生まれたと言っているが、西洋でも、十七世紀のヴィーコは、詩の発生はシャーマン的なものからであるとしている。折口がヴィーコを知っていたかどうか定かではないが、もっともヴィーコの場合、あらゆる文化、つまり法や国家秩序さえも詩に還元するという特異な立場なので、文藝の発生を論じた折口とは違う。

だが、生存に関わる情報伝達と、求愛、あるいは宗教的行事との間にはだいぶ懸隔があるように思う。ミッシング・リンクである。いったいヒトが言語を獲得した時、それで何をしようとするだろうか。噂話《うわさ》－ゴシップではないだろうか。たとえば同じ村落の誰某が娘誰某を口説こうとして失敗したとか、誰某は浮気をして妻に責められて困っているとか、そういったゴシップである。これにはさほど複雑な技巧は要らない。単に事実を伝えて、それを聞いた人々が、その誰某を思い浮かべて笑えばいいのだからだ。このゴシップのために言語を用いるというのは、ヒトという種族にとって根本的な娯楽なのではないか。それゆえ、現代に至るまで、人々をいちばん喜ばせる娯楽は、依然としてゴシップであるように思う。

どこの国でも、上流階級のサロンで、ゴシップが語られなかったためしはあるまい。噂話に興じない農民や漁民はいるまい。徳川期の享保時代には、現実に起こった心中事件等を題材にして、近松門左衛門や紀海音《きのかいおん》がたちまちそれをネタに浄瑠璃を仕上げて上演した。その人気があまりに凄《すさ》まじかったため、これに倣《なら》って心中する者が増え、それを憂えた幕府は「心中」という美化された呼び方を禁じて「相対死《あいたいし》に」と呼び、心中に失敗した者たちは晒《さら》しものにし、心中事件の文藝化を禁じたが、いつしかこの禁令も忘れられて、十八世紀後半には復活している。

近代になって印刷術が普及すると、まず取り上げられたのはやはりゴシップである。明治期の新聞類を見ると、いわば現代のスポーツ新聞や女性週刊誌のごとく、各種の珍談奇談の雑報に満ちている。知名人の醜聞もよく取り上げられたから、政府は讒謗《ざんぼう》律《りつ》・新聞紙条例でこれを禁じたほどだ。テレビができると、これは電波という公共の媒体を用いるから、始めは人畜無害な内容を専ら放送していたが、いつしかワイドショーなるゴシップ番組が隆盛を見るようになる。だいたい、テレビ受像機が普及したのは、当時の皇太子の成婚がきっかけで、これだってゴシップには違いない。さらにインターネットというものが普及すると、なにしろマスコミ以上に歯止めのない世界だから、有名無名を問わず、人の醜聞・悪口雑言《あっこうぞうごん》等がたちまち垂れ流されるようになり、「便所の落書き」などと言われているが、これは二番目くらいに原始的な言語の使用法なのである。

私たちは十九世紀以来の、小説や映画のような虚構が大衆娯楽として大量生産された世界を生きてきたから気づかないが、元来、虚構の人物の行動を面白がるというのはかなり高度な言語文化なのである。同じような男女関係のどろどろを知るにしても、虚構の人物ないしは自分と関係のない人物のそれを見聞きするより、自分が直接知っている人のそれのほうが面白い。もっとも、一人の人間の交際範囲、特にその人となりをよく知っている人の数などというのは限られているし、その狭い世界でそれほど面白い事件が起こるわけのものではないから、自ずと関心は見知らぬ他人の逸話に向かう。説話と呼ばれるもの、あるいはボッカチオの『デカメロン』で語られるような世俗の逸話の類は、そうして次第に発達したものに違いないが、それもまた、結局はセックス絡みの話、つまり猥談《わいだん》兼ゴシップこそ、人々の最も喜んだものに間違いない。実は、十九世紀以来の「虚構」は既に歴史的役割を終えつつあるので、今の若者の多くは電車の中でも本など読まずに、携帯電話で友達からその種のゴシップを取り入れたり、それが禁じられて携帯電話による電子メールが見られるようになると、じっとそれを見つめている。原始時代に返ったようなものだ。求愛の複雑で技巧のある言葉を囁《ささや》いたり、宗教的な言葉が発達するのは、その後のことだ。

（1）今西錦司は、ゴリラと人間の子供を作る実験をしてもいいことになったら、「まず、おれにやらせろ」と言っていたそうである。

いでもない。

（2）宮崎哲弥『正義の見方』（新潮OH！文庫）。宮崎や呉智英など、生物学的還元論に疑問を持つ者がいるが、私にはそれが文系出身者の「不条理」なものへの信仰のように思われないでもない。

（3）ネオテニーがヒトにもたらしたものについては、いくつもの通俗科学書が書かれており、日本にも知る人ぞ知るネオテニー・トンデモ本もあるが、あえて紹介しない。有名なものとしては、コンラート・ローレンツ『動物行動学』（邦訳、ちくま学芸文庫）や、ジョナスとクライン『マン・チャイルド』（邦訳、竹内書店新社）があるが、正統的な科学者からはバカにされてきたらしい。どうもネオテニーという概念は、「幼児的」という連想を導いて、文明論を構築する誘惑力があるらしい。

第五章　「関心がある」とはどういうことか

一九五〇－六〇年代のことだろうか、フランスから日本へ文化使節団がやってきて、能を観せられ、帰りの汽車の中で誰かが「能は死ぬほど退屈だ」と言ったというのは、その筋では有名な話だ。その時彼らが観せられたのは「井筒」という、能の中でも特に地味な、玄人《くろうと》好みの曲だったということだ。けれど日本人でも、いきなり能を観に連れていけば、大人なら遠慮して何とかかとか言うかもしれないが、心の中では「死ぬほど退屈」だと思っている人や、実は眠っていた、という人が多いということになるだろう（しかしついでに言っておけば、ヌーヴェル・ヴァーグとかヌーヴォー・ロマンとかいうのも往々にして私には死ぬほど退屈である)。なぜ室町時代の民衆はこんなものを喜んで観ていたのか、といっても、当時の能は現代のそれほどにテンポがのろくなく、かつ古典の言葉を散りばめた高尚なものではなかったと考えられる。ではどうすれば能が面白く観られるのか、あるいは、いきなり観れば退屈なものが、何らかの鍛練によって面白くなる、というのはどういうことか。いや、能や人形浄瑠璃《じょうるり》のような古典藝能、あるいは茶道のようなものでなくてもいい、娯楽であるはずの映画やマンガや娯楽小説でも、面白がる人と面白がらない人とがいるのはなぜなのか。「退屈学」の立場から、是非究明しておかねばならない。

もちろん、日本の古典藝能の中でも、能の言葉は特に、人形浄瑠璃や長唄の詞章以上に難しい。いま日本で能を観に来ているのは、自分でも謡曲を習っている人がほとんどで、だから膝の上に謡本《うたいぼん》を置いて「勉強」している。もちろん、こういう人たちの中に「スノッブ」がいることは否定できない。けれど、スノッブとか背伸びとかがなければ、文化というものが存続しないのも確かである。文化とは、満たされない性欲を「昇華」したものであるとフロイトは言ったが、フロイトの場合、たとえば男の子なら、自分の母親と交わりたいという欲望があって、それが満たされない、という前提があったし、確かに母親との近親相姦はサルの世界でもタブーだった。

とはいえ、ではセックスがし放題だったら人は文化を構築しないだろうか。そこが私の疑問で、人は遂《つい》にはセックスにも飽きるのではないか、というのがこの議論の出発点だった。たとえば、長野県知事になった田中康夫は、『ペログリ日記』の題で、自分の、数多くの、人妻とかスチュワーデスとかとのセックスを「PG」と呼んで発表していたが、他にも、自分の「浮気」を克明に記録していたというので話題になった文化人がいた。前者は、それで原稿料を取っているのだから商売だとも言えるが、後者は違う。あるいは、五味文彦の研究で有名になった、院政期の政治家藤原頼長の日記『台記』に書かれた、同性愛の記録(『院政期社会の研究』山川出版社)。あるいは近年の、インターネット上のホームページに公開される個人の日記、そして「自分史」とやらの流行。これらは、何なのか。

書くことによる退屈しのぎ

日本人は特に日記が好きだという説もあるが、これは眉唾《まゆつば》ものだと思う。詳しく各国の比較をしなければ分からないだろう。前の章では、原生人類から始まる音声言語について考えたが、ここでは文字言語について考えてみたい。文字は、なぜ発明されたのか。ヒトという種族は、アルタミラやラスコーの洞窟、あるいは古代ギリシャの壺、そして高松塚の古墳に見られるように、まず絵を描いた。おそらくこういう絵も、最初は、他人に必要な情報を伝達するためのものであり、記号だったのだろう。けれど、子供を見ていると、言葉を覚えた後くらいの年齢になると、やすやすと絵を描くようになる。これまた、類人猿とヒトが違うのは、絵を描くだけの手の動きが可能になったからだと言っていいのだが、問題は、情報伝達ではなくて、純粋な遊びとしての絵描きが始まることである。絵を描くことは、画材さえあれば子供にも、未開民族にも、文字を知らない下層民にもできる。電話をしながら、そばのメモ用紙に勝手な模様を書いている人がいるが、それもまた、手を使っての退屈しのぎである。

絵や文字によって、外界のものごと、あるいは自分の観念を表現するのは、英語で言えばリプレゼンテーション、表象行為である。文藝学者のエーリヒ・アウエルバッハは、西洋文学は現実の模倣、ミメーシスの歴史であるとしたが（『ミメーシス』ちくま学芸文庫）、これに対して、日本文藝は、古今和歌集の序に「人のこゝろを種として」とあるように、心情表現であるとする議論がある。けれど、西洋文学にも叙情詩がないわけではないし、日本の和歌にも情景描写があるのだから、こうした東西比較文化論は疑わしい。むしろ、外界のもの、あるいは自分の心情、いずれにせよ、感じたものの見たものを文字で表すことが、文藝の原初的形態だと言えるだろう。

文字の書けない者たちは、音声言語しか退屈しのぎに使えないが、文字言語が成立し、これを使えるようになった者たちは、それを格好の退屈しのぎにしたのではないか、ということを私は考えているのだ。第一章で取り上げたスパックスも、十八世紀の英国の日記類に、書くことによって退屈と戦うという意味合いがあったと述べている。あるいは、セックスの快楽、というものがあるとして、次第に技巧が上達して頂点に達したとする。だがその後は、回数を重ねるに連れて次第に味わいを失い、飽きてくるとすれば、それこそSMのような異常性愛へと発展したりするが、そうではなくて、多くの女をセックスの相手にすることによって「征服」欲を満たす男というのも出てくる。その結果が、『好色一代男』冒頭の、交わった女と男の数を誇示する記述になるのだが、田中康夫その他にとっては、これを日記や記録の形で残したいという欲望になる。

性生活の記録と言えば、英国の王政復古期の一市民であるサミュエル・ピープスの日記とか、十九世紀ヴィクトリア朝に書かれた著者不明の『わが秘密の生涯』とか、イタリアの色事師カザノヴァの回想録などがあるが(1)、そこには何か、セックスそのものの退屈さが感じ取れるように思うのである。といってもこれは直観であって、論証しろと言われると困るのだが、彼らにとって、セックスが快楽であるというより、多くの女を征服した、という認識のほうが快楽なのであって、それを文字言語で書記するというのはそのことの確認なのではないか。

たとえば多くの文明において、文字言語が発明、ないし輸入された時、まず書かれるのは、歴史、あるいは記録である。日本で言えば『古事記』や『日本書紀』、シナで言えば『尚書（書経）』や『春秋』があり、ユダヤ教世界の『旧約聖書』、西洋ではホメロスの叙事詩、ヘロドトスやトゥキュディデスの歴史である。無文字社会へ文化人類学者が調査に行くと、往々、語り部のごとき存在があって、その共同体、あるいはその地域の歴史を記憶していて延々とそれを語るということがある（川田順造『無文字社会の歴史』岩波現代文庫などを参照）。『古事記』は、おそらくはその語り部的な存在である稗田阿礼《ひえだのあれ》が読誦したものを太安万侶《おおのやすまろ》が筆記したとされていて、阿礼なるものの正体はよく分からないが、ともかく天皇家を中心とした歴史が、長い年月の間に構成され、記憶されていたと考えていいだろう。もちろん、文字というものは、支配階層のところでまず発生し、整理され、輸入されるものだから、政権の正統性を証《あか》し立てるために歴史記述に使われるのだと言える。だが、昔なら不敬罪に問われるようなことを言えば、田中康夫が自分の性生活を記録するのと、文字言語成立直後にその共同体の歴史が書かれることとには、通底するものがあるように思うのだ。

脳が大脳化することによって、ヒトは他の動物には見られない知的な行動ができるようになったが、その代償として「退屈」を覚えるようになった、というのが本稿の趣旨だった。だとすれば、その知的能力をもって、退屈を紛らわす方法も考えられるはずであり、それが様々な「遊び」になったわけだが、単に体を動かすだけの遊びなら動物でもやる。ルールを定めたより複雑な遊びとなると、音声言語さえあればとりあえずはできる。だが、文字の誕生は、さらなる「退屈しのぎ」の手だてを人類に与えたのではないか。ハイデッガーの言うように、ヒトは「世界・内・存在」である。その「世界」は、時間と空間から成っている。ほとんどの動物には、空間の認識はあっても時間の認識はない。文明が始まるころのヒトは、既に時間認識があったはずだから、村の古老などに、昔あった出来事を聞くことができただろう。それが累々と積み重なって歴史ができる。こうした「文化の起源」については、それこそ文化の起源に「詩」を想定したジャンバティスタ・ヴィーコの昔から、ルソーの『言語起源論』を経て、十九－二十世紀の文化人類学やそれを援用した文化学によって論じられてきたことだが、そういう文化の根底には「退屈しのぎ」があったのではないかと、私は言っているのだ。

時間の記録が歴史なら、空間の記録が地誌である。ミシェル・フーコーは、『性の歴史』の第一巻を『知への意志』と題し、近代における性に関する言説の増大は、人々の、性という領域を知によって属領化し、領略しようという意思の現れではないかとした。同じことは、性のみならず、あらゆる物事について言えるはずだ。自分を取り巻く世界を、言語によって、さらには文字によって秩序づけ、整理し、分類してゆく、その行為が愉悦をもたらしたのではないか。たとえば『旧約聖書』を読むと、アダムとイヴ（もっともこの部分は、後から付け足されたものらしい）以来のユダヤの系図が、膨大な量の人名とともに記されていて、ユダヤ教やキリスト教に特に関心のない者が読むとうんざりするが、ここには、卑近な例をあげるなら、あるプロ野球の球団のファンが選手名をすべて諳《そらん》じているとか、あるアニメ番組のファンがその登場人物を端役に至るまで把握しているとかいった「カルト」的なものがある。

もっとも今の「カルト」という言葉の使い方は逆で、宗教こそがカルトなのだが、インドのヒンドゥー教やシナの道教では、やはり膨大な量の神々や神仙の名が登録されている。いずれも、どこかで始められて共有財産になったものであって、ある種の人々にとっては、その名を記憶することが格好の退屈しのぎだったのである。

深入りすることの意味

たとえば、私は野球にも競馬にも関心がないが、電車の中で競馬新聞などを眺めているのを横から覗《のぞ》くと、出走馬に関するまことに詳細なデータが載っていて、ははあこれは深入りすると面白いだろうな、と思うし、野球についても、ピッチャーの替え時とか、では誰に替えるかとか、選手に関する知識があれば面白いだろうなと思う。だからプロ野球ファンでもあまり関心のない球団同士の対戦など観ないし、いま米国の大リーグの放送がされているのは、知っている日本人選手が登場するからだ。

しかし競馬には、賭《か》ける面白さというのがあるだろう、と言う人がいるかもしれないが、純然たる賭博《とばく》というなら、まったく知能を使う余地のないルーレットや骰子《さいころ》賭博、宝くじなどにあるのであって、麻雀やポーカー、競馬などはまた別のものだ。そして麻雀やポーカー、あるいは将棋や囲碁のように、情報が更新されない遊びと、競馬や野球、相撲《すもう》のように、次々とデータが変わるものを観たり賭けたりする遊びも区別すべきだろう。競馬や野球のファンには、日本はともかく、世界の政治情勢になど何の興味もない、という人もいよう。だが、彼らは彼らなりの仕方で「世界」を分節し、把捉《はそく》しているのだ。

つまり、自分を取り巻く「世界」を分節（アーティキュレイト）して整理するというのが、ヒトが大脳を使って考え出した最も高度な退屈しのぎの方法なのである。梅原猛は、幼いころ養子に出されたという経験を持つ人だが、その自伝的な文章の中で、子供のころの自分が、養父母の影響で野球と相撲に熱中したあげく、全選手、全力士の名を覚えて周囲の大人を驚かせ、それにも飽きたあげく、「野球将棋」という遊びで架空の球団を作り上げ、将棋の駒を使って試合をさせ、さらにこれをあらゆるスポーツにまで応用して熱中したと言う。

私は、ちょうど、養父《ちち》が、スコアブックに、早慶戦のスコアをつけたように、将棋の世界の早慶戦のスコアをつけた。
私は、この空想的な将棋遊びに少年の日の多くをすごした。そして、この将棋遊びから、私が脱却できたのは、ようやく大学に入ってからであった。これは、一つの狂気であった。しかし、この狂気の背後にあるものは、やはり私の孤独だったのではないかと思う。（中略）
この少年時の狂気にも似た空想世界への耽溺はいったい何であったのか。現実世界以外の別の世界を、私はなぜ必要としたのか。この空想世界への耽溺は、現在の学問への耽溺と、どこかでつながっていはしないか。なにゆえ人間というものは、現実世界ではないもう一つの世界を必要とするのであろうか。（『学問のすすめ』三八－四〇頁、角川文庫）

それは、現実世界が退屈だからである。私は高校の頃からの相撲ファンで、幕内に上がった力士については、力士別の星取表を作っていて、今でも場所中にはテレビで相撲中継があるから、夕方外出するのが嫌なくらいである（リアルタイムで観たい）。他にも多くの「記録」、しかも本業と関係のないものを私は作っているが、それは私なりの世界の分節のしかたなのである。レヴィ＝ストロースが『野生の思考』で述べたことも、未開社会、文明社会を問わず、ヒトは自然を体系化するという「思考」を行うということで、ただそのやり方が違うだけだということだった。未開社会に特徴的なトーテムというものは、シンボルを用いることによって「世界」を認識する装置なのだ。(2)

そこで能の話に戻ると、あれもまた、しかるべき知識を備えることによって面白くなるようなものなのだ。だから私は、初めて能を観る人には、前もって勉強することを勧めたい。(3)美術とか書物とか音楽とかいうものは、いきなりぶつかってみるべきものだ、というのは、ものによっては正しいが、ものによっては間違いだ。

たとえばフランス語を知らない人が、フランス語で上演される台詞《せりふ》劇をいきなり観にいって面白いわけがない。それから、米国の新聞には四コママンガがよく載っているが、あれを読んでも日本人である私は往々にして、面白くも何ともない。これは「笑い」というものが、かなり文化依存、状況依存的な性格を持っているからで、たとえば「楽屋落ち」というのは、その寄席や藝人をめぐるネタで笑わせる落語のサゲが原義で、そこから意味が広がって、特定の知識のある人にしか笑えないネタ、という意味を持つに至っているが、笑いというのはほとんどの場合、楽屋落ちなのである。もちろん、世界共通の笑いというものがないことはないし、各国首脳会議などで使われるジョークの類は、その種の文化依存性がほとんどないものが選ばれているだろう。

笑いの理論については第二章で紹介したが、その中で、笑いは緊張の緩和だと述べていた桂枝雀がある時、噺《はなし》のマクラで、この笑い理論を説明しながら、こんなことを言っていた。

笑いというものは緊張の緩和でございますから、何に緊張を感じるかでございますね、ですからアノお歳を召したお方、年配のお方はあまりお笑いになりません。なぜかと言いますにたいていのことにはもう慣れておられます、そうそう緊張はしていられません、少々変なことがあっても、「それぐらいのことあるでしょ」（笑）というような、（中略）またそうでないと暮らしていけないわけで、長年の間暮らしてきたわけでございます、少々のことに出会いましても「それぐらいのことあるでしょ」（小笑）、これでないといけないのでございますですから、あまり緊張を感じられませんからアノお笑いというものも少ないわけでございます（中略）そこへ参りますというと、十七八《ひち》のお嬢さんでございますね、もう何でございますよ、お箸のこけたのも可笑しいという、そういう年頃やちゅうこと言うんですよ、こけるちゅうの倒れるちゅうことですね、（中略）お箸が、ことッ、「こッけたー」（笑）「倒れたー」、こんなことでも緊張が感じられるわけでございます、それだけ心が、ナイーヴなわけでございます、ありがたいこってございます、これはもう十七、八に限ります、女のお方ももう、三十、四十、五十になり

ますと、「お箸がこけたァ？　それがどゥしたのーっ」（笑）（「饅頭こわい」ラジオ放送から、一九八三年頃）

大阪弁の説明をしているから、東京での公演であろう。しかし、これは奇妙だ。なぜなら、その会場もまたそうであったように、年寄りというものは落語などを聴きに来てよく笑っているからである。落語に限らない。いわゆる大衆藝能と言われるような、芝居と歌を盛り込んだショーにも、歌手などの藝能人の「営業」にも、「寅さん映画」にも、中年以上の人の人気は高く、これらはたいてい、笑いを盛り込んである。そして事実、客はよく笑う。おそらく若い人ならば白けてしまうであろうようなくすぐりでも、笑う。寅さん映画など、金太郎飴《あめ》のようなもので、同じような趣向が何度も何度も繰り返されているが、それでも観客は大受けする。とすると、先ほどの枝雀の言葉は、どこかおかしいことになる。

だが、緊張緩和という、説の根幹はここでも生かせる。なぜなら、「おなじみの」ギャグが出てくることによって、観客は「知っている」世界へとストンと落とされて、それで笑うのだからである。人は、状況が分からずに不安でいる時には、まず笑えない。「この言葉は理解できる」という時に笑うのである。

私は関東育ちの人間なので、吉本新喜劇というものを、大人になるまでテレビでも観たことがなかった。藤山寛美(かんび)の松竹新喜劇なら、中学生のころ関東でもテレビ放送していたから知っていた。それが、私が三十になったころ、吉本も関東進出を試み、テレビ放映も始まったので、どれどれ、と思って観てみたのだが、ちっとも面白くない。子供のころ関西にいて吉本新喜劇が好きだったという人に訊いてみると、あれは主要な役者に決まり文句のギャグがあって、観ていると、それを言いそうな場面になり、言うぞ、言うぞ、と思っていて、それが出ると、出たあ、と思って笑うのだという。

　これも一種の緊張の緩和なのだが、前もって聴衆の間に仕込まれている点に特徴がある。そう聞かされても、別にそれで面白くなるわけではなかったのだが、案の定、吉本の東京進出は失敗した。これはいわば米国の四コママンガを日本へ持ち込んだようなものなのだ（もっとも念のために書いておくと、大阪周辺の人でも、吉本を嫌う人はいて、関西人がみんなああいうものだというイメージを持たれるのは困る、と言っていた）。漫才や落語で、同じギャグを十年以上使っている人がいるが、それでも客が笑うのは、期待感が満たされるからである。ただし、こういう笑いは、大人のインテリ向けではない。枝雀はインテリで、しかも自身飽きっぽかったので、この「使い古されたネタ」に客が笑うという現象を認めたくなかったのだと私は思っている。だから枝雀は同じ演目でも次々と演出を変えていき、それが行き詰まって鬱病《うつびょう》から自殺するようなことになったのだろう（もっとも、枝雀の場合、その「爆笑落語」への客の期待を裏切れず、藝風を変えられなかったところに悲劇の原因があった）。

笑いに話を限定しなくても、同じものを繰り返し鑑賞して飽きることがない、という人というのはいる。『ジーザス・クライスト・スーパースター』というミュージカルを百何回観たなどという人もいる。「ハーレクイン・ロマンス」という同巧異曲のシリーズを次々と読んで一向に倦《う》む様子のない人、配役を見れば誰が犯人か分かってしまうような推理もののテレビドラマを、それでも観つづける人、女性の裸とか女性器とか、ある程度見てしまえばさほど珍奇でもないものを見るためにせっせとストリップ劇場に通う人というのがいる。これは、何なのか。

変化する時代、変化しない物語

もちろんそれが「物語」だ、と言う人がいるだろう。やはり第二章で触れた「物語批判」である。四方田犬彦は、このストリップを例にとって、女性器というのはひとつの物語であって、それを人は繰り返し消費するのだ、と批判的に論じていた（「人は生涯にいくつの女性性器を見るか」『クリティック』冬樹社）。ここでは、それがいいことか悪いことか、という問題は棚上げにしておこう（上野千鶴子はこれに対して、「人」ではなくて「男」だろうと言っている。『女遊び』一三頁）。問題は、なぜ彼らが同じ「物語」に飽きないのか、という点である。

それこそが物語の力というものだ、ミュートス（神話）とはそういうものだ、と言ってしまっては同義反復になってしまう。これを説明するためには、とりあえず近代と前近代を分けておいたほうがいい。といっても、前近代というのは、日本なら徳川時代以前、というふうには決められない。徳川時代にも近代的な要素はあった。むしろ都市は次第に近代化していて、農漁山村は前近代だったと仮に考えておけばいい。西洋でも、同じことだ。

なぜこんなふうに分ける必要があるかというと、近代というのは思潮の変化のスピードがやはり抜群に速いからである。そんな中で、人が「繰り返し観るもの」に出会うのは、たいていは子供時代から若いころ、だいたい十五歳から二十五歳の間だと言っていいだろう。これは、その人の精神形成が行われる時期だから、そのころ出会って好きになったものは、その人の精神形成に影響するし、またその人個人の嗜好《しこう》によって選ばれたものである。ところが、近代というのは次々と変化する時代なので、その年代を過ぎて現れてきたものには、人は往々にしてついて行けない。刻々と変化する外界の中に生きる人は、そこで、自らの精神形成期に出会ったものを「ふるさと」のように思い、繰り返しそこに立ち返ることになるのだ。たとえば寅さんの妹のさくらが、突如女性解放運動に目覚めて、寅さんの言葉尻を捕らえて、お兄ちゃん、そういう言い方はジェンダーに捕われているわ、と言いだしたら困るだろう。観客が不安になる。

たとえば明治維新のような、西洋文化という違うものがどっと流入するようになった時代を見ると、旧幕時代と呼ばれた徳川時代に精神形成を行って、近代文学というものを作りえた人物など、一人もいない。福沢諭吉や勝海舟のような柔軟な精神の持ち主であっても、それはできなかった。福沢は西洋の思想をどんどん日本に紹介したが、遂に近代的な藝術のようなものは作りださず、それどころか新時代に抵抗した西郷隆盛にひそかに共感していたくらいだ。三十過ぎて新しい時代に適応するということがどれほど困難か、分かるだろう。「物語批判」をする人たちは、そういう、若いころへ帰ろうとする精神の怠惰を批判していたのだが、結局彼らも、自分たちが若かったころに出会った西洋の思想家に影響されていたにすぎない。

とすると、「寅さん」や「水戸黄門」や「ハーレクイン・ロマンス」が飽きられずに消費されているのは、外の世界がどんどん変わっているからだ、ということになってしまう。もし彼らの生活世界が、前近代の農漁山村のようにずっと変わらないままだったら、彼らは飽きずに済んだだろうか。これは興味深い問題だ。というのも、近代的な思潮や生活形態の変化も、二十一世紀を迎えて、次第にそのスピードを緩めつつあり、今後そういう停滞した世界が出現する可能性もあるからだ。

ではなぜ前近代の人びとは、同じような物語に飽きなかったのか、と言えば、それは最初に述べたように、彼らには子供、という生成変化発展するものがあったからである。何も自分の子供でなくてもいい。現代よりよほど密な地域共同体があった世界では、隣家の、あるいは親戚の誰某の成長を見守ることもできたはずだからである。

つまり、

	前近代	近代
変化するもの	多くの子供	生活や思潮
変化しないもの	生活や思潮、物語	物語

ということになるのだ。

話を戻そう。人はそれでは、なぜ「寅さん」やハーレクイン・ロマンスに関心を持ったり、あるいは能や歌舞伎に関心を持ったりするのか。能楽を愛好している人で、自分で習っているという人以外には、そもそも親が能楽好きないし能楽関係者だったりして、子供の頃から観せられていた、という人がいる。恐らく、最初から能が面白かったわけではないだろう。しかし、仕方なく観て、仕方なく勉強しているうちに面白くなる、ということはある。もちろん、子供の頃から観せられていても、結局これを面白がる素質がなかったという結果に終わる人もいるだろう。実際に能や歌舞伎の家に生まれた男の子は、子供のころから稽古をさせられ、否応なくこれに興味を持つようになるし、伝統藝能は子供のころから仕込まなければならない、という通念もある。

それでは血統主義になってしまうから、国立劇場附属の俳優養成所では歌舞伎役者の養成を行ったりもしているが、それでもなるべく若いうちから始めたほうがいいだろう。しかし普通の育ち方をしていると、現代においてはやはり現代的なロックやポップスに関心が行くし、演劇なら小劇場と呼ばれるものにまず関心が赴くだろう。それでは人は、なぜ、あるものごとに関心を持つのだろう。そして別のものごとに関心を持たないのだろう。

私と同世代の男の多くがそうだと思うのだが、子供のころまず興味を持ったのは、怪獣ものの特撮テレビドラマやSFアニメの類だった。成長してからもこの種のものに興味を持ちつづけると「オタク」と呼ばれたりするのだが、それは今、どうでもいい。但《ただ》し実は私は小学校入学前に、明らかに女の子用と思われる人形とお家のセットを欲しがって買ってもらったことがある。しかし小学校入学頃から、男の子は男の子用の、女の子は女の子用のおもちゃや物語で遊ぶようになる。

ところで唐突ながら、私は小学生のころ、作文というものが嫌いだった。なぜかというと、作文というのは家常茶飯、実際にあったことを書くものであり、当時の私には日常などというのは退屈で、わざわざ文章にするほど面白いとは思われなかったからだ。実際、読書感想文課題図書として読まされた日常に取材した児童文学なるものは、ちっとも面白くなかった。どちらかというと女の子のほうがこういう作文は得意だったようで、しかしそれは女の子が、大人の要求していることを察知して実行する能力に長《た》けている、あるいは長けるように育てられるからではあるまいか。たとえば、ではその女の子がもう少し大きくなって『若草物語』や『赤毛のアン』を読むようになったとしても、それらはもちろん探偵小説やSFに比べればリアルではあるけれど、日本では、西洋のしかも過去を舞台としたものということもあって、日常からやや、あるいは大分離れているのだ。

経験の追認としての文藝

つまり子供の「遊び」は、日常からの離脱という要素を多かれ少なかれ持っている。いやそれは「子供」に限らないだろう、と言われるかもしれないが、やはりその程度が大人より大きい。古代以来、文藝の主題は恋愛であることが多かったが、子供の場合、約束ごととしてのお姫さまの救出に関心を持つことはあっても、大人の世界をよりリアルに描いた文藝を理解するのは難しい。なんら超自然的なできごとの起こらない、広い意味での文藝、つまり小説のみならず映画やドラマにひとが関心を持ちはじめるのは、早くても中学生くらいからだろう。これまた世間には、小学生のころ夏目漱石を耽読していたなどという神童もいるのだが、それは例外である。

だが、小説の面白さ、文藝の面白さとは、何であろうか。この点、吉田健一の説明がいちばん納得がゆく。吉田の場合は、小説を読んで人生とは何か、を考えたりする態度を軽蔑していたが、なぜ面白いかということになると、人生とは何か、以前のものがあると思えるからだ。

この物語といふものの特質に対する愛着は時代と国境を越えて人間にも共通のものである。（中略）仮に隣の家を覗いた時にそこが異国の天地だつたならば我々の喜びは思ふべきである。それに就て物語といふのがさういふ荒唐無稽のことを書いてこれを読むものに飽きられた後に小説で人間の日常を描くことが行はれて小説の時代が来たと言つたことをこれも恐らくは日本で聞いたことがあるが人間の日常がもしそのまま写されてゐるならばそれがその日常そのものに及ばないことは明かであり、もしその日常をそれまで読者が思ひ掛けなかつた形で見せるといふのならばこれもその日常をそれとずれた所から語ることになつて確かにさういふ小説の傑作もある。（中略）それが全くの日常の世界であつてもそれが小説家の手に掛れば我々が日常の世界と認めてそれとは別なもの、それとは別なものであるから我々が日常の世界と認めるものになる。さういふ所に小説を読む楽みがあつてこれが今日まで日本で説かれたことがないのは一般に本を楽みの為に読むといふことが日本で長い間廃《すた》れてゐたからである。(『覚書』一三九－四九頁)

晩年のものなのでかなり異様な文章である。さて、よく考えるなら、このように日常を描いた小説を面白がれるためには、人の世というものがどういうものか、現実に即して知っている必要があるということだ。十歳以下の子供は、大人の世界の複雑なからくりまでは余り知らないのが普通で、だから大人向けの小説やドラマが、たとえ言語的に読めたとしても、面白くは感じないだろう。実のところ、本格的な小説や映画は、やはり三十過ぎくらいにならないと理解できないというところがある。ただし、これは例外がかなりの数あると考えていいが、実はこのへんまで来ると、経験における個人差というものが影響してくるようになると私は考えている。

たとえば漱石の『こゝろ』という小説は、今もって私にはよく分からない世界だ。というのは、これが「三角関係」を扱っているとしたら、こういう三角関係を私が体験したことがないからである。また、私は失恋して自殺する男になる可能性はあったが、友人を自殺に追い込む男になる可能性はなかったから、表面的な物語には一向感心しないのである。漱石の『それから』にしても、あんなややこしい恋愛を私はしたことがないし、今後もする見込みはないから、後半のほうに一向リアリティを感じなかったのである。やはり三角関係を扱ったフランソワ・トリュフォの映画『ジュールとジム』（邦題『突然炎のごとく』）も、まったく理解不能だったし、今観ても同じようなものだろう。あるいはトルストイの『アンナ・カレーニナ』を二十歳のころ読んだ時もよく分からなかった。あれは結婚生活のもたらす困難を中心に描いたものだから、それも当然だ。せいぜい、さいしょキティに求婚して断られて苦悩するリョーヴィンの描写にリアリティを感じただけだった。

そりゃあおかしい、だってシェイクスピアの作品には王子とか国王とかが出てくるが、われわれはそういう人種ではない、と言う人がいるだろう。けれど、そういうのはいわば月や太陽であって、誰からも遠いけれども大きいから地球上のどこからでも見える。姦通する女というのは、そういう事柄から遠い者にとっては、いわば外国であって、太陽や月より近いけれども見えない、そういうものである。

つまり人は、自分自身が経験を積むに従って、その経験の中から取り出された要素を再構成した物語に関心を持つようになるのである。この能力は、ボノボやゴリラのような高等類人猿であっても、サルにはない。たとえば子供には、『細雪』は面白くないだろう。ジェイン・オースティンの小説も、あまり子供向きではない。なぜなのか、章を改めて考察しよう。

(1)『わが秘密の生涯』は富士見ロマン文庫、『カザノヴァ回想録』は河出文庫に邦訳がある。ピープスの日記については、臼田昭『ピープス氏の秘められた日記』(岩波新書)が詳しい。

(2)レヴィ゠ストロース『野生の思考』(邦訳、みすず書房)から引用しよう。「われわれがいま研究する概念体系はコミュニケーションの手段ではない(そうであるとしても付随的にでしかない。)それは思考の手段である」(七九頁)。「この二人〔デュルケームとマリノフスキー〕はそれぞれトーテミズムを前期の諸分野〔自然と文化゠訳書注〕のどちらか一方に閉じ込めようと試みた。ところが実際にはトーテミズムは何よりもまず両者の対立を超越する手段(もしくは希望)なのである」(一〇七頁)。

(3)具体的に言うと、白洲正子の『お能・老木の花』(講談社文芸文庫)、観世寿夫『心より心に伝うる花』(白水社、Uブックス)が最良のガイドだ。

第六章　文学と退屈

おれは四十七歳だ。もし、仮に六十まで生きるとしたら、まだ十三年ものこっている。長いなあ！　この十三年をぼくはどう生きるんだ？　何をするんだ？　何でそれを満たすんだ？

（略）ぼくらのあと、百年二百年たって生きるひとたち、ぼくらがこんなに愚かしく、こんなに無趣味に自分たちの生涯を生きたというんでぼくらを蔑むひとたち――そういうひとたちは、あるいは幸福になる方法を発見するかもしれない。

（チェーホフ『ヴァーニャ伯父』湯浅芳子訳）

要約の不可能性について

阿部公彦《まさひこ》・東大准教授の『モダンの近似値』（松柏社）は、英文学者による論文集だが、「退屈」をキーワードの一つにしている。とはいえ、この「退屈」には蓮實重彦的な負荷が掛かっていて（文体も蓮實文体だが）直接にここでの議論に役立つというべきものではないし、蓮實的に言うならば、野球の試合などはその退屈さをこそ味わうべきものになる。しかし、阿部の論文集には「ジェーン・オースティンの小説は本当におもしろいのか、という微妙な問題について」と題された章があって、オースティンの小説といえば、紳士階級の若い女がどの男と結婚するかを主題にしていて、筋立ても分かりきっているのになぜおもしろいのか、「つまらないのにおもしろい」のはなぜか、ということを論じており、中身は蓮實テマティック批評の亜流になってしまっているのだが、この設問自体は検討に値する。

つまらないのにおもしろい、というのはおかしな言い方で、むしろ「分かりきった話なのに面白い」とでも言ったほうが正確だろう。このことは確かに、ハーレクイン・ロマンスや寅さん映画についても言うことができるだろう。もっともオースティンの小説の場合、『高慢と偏見』（一七九六）『分別と多感』（一八一一）『マンスフィールド・パーク』（一八一四）『エマ』（一八一五）『説得』（一八一八、死後出版）と、数はさほど多くなく、一般の文学好きが読むのはせいぜい『高慢と偏見』『エマ』の二作くらいだろうから、仮にオースティン作品が二十も三十もあった時に、同じように評価されたかどうかは疑わしい。じっさい十九世紀末の人気作家アンソニー・トロロープは、あまりに多作過ぎたために名声を落としている（これは前出のスパックスが論じている）。

しかしここでまず取り上げたいのは、「要約の不可能性」という問題なのだ。

たとえばあなたが、誰かと些《さ》細《さい》な言葉の行き違いから喧嘩になったとする。そしてそのことを他人に伝えようとした時、簡潔に伝えようとしてもできなかったという経験はないだろうか。もっとも、若い人の場合、そういう経験はないかもしれない。というのは、人が仕事を始めて三十代、四十代になると、実際には些細な言葉の行き違いが対立に発展したとしても、それまでにまことに複雑な、他人をも巻き込んだ感情のもつれがあることが多くなってくるからである。恋人同士、夫婦同士の喧嘩なども、ごく些細な言葉の行き違いから起こることが多い。そこで、第三者にこの喧嘩についてちゃんと説明するとなると、そのような背景から、遂《つい》にはこの喧嘩になった場面までを、一言一句再現しなければならないことに気づくのである。つまり、要約ができないのだ。

卑近な例で言うと、離婚した藝能人が記者会見などしてその理由を説明しても、いっこう説明になっていないことがある。あるいは手記を発表してさえ、どちらが悪いのか分からないことがある。一例を挙げるなら郷ひろみと二谷友里恵である。始めに郷の『ダディ』（幻冬舎）を読んだ人は、郷の浮気が離婚の原因だ、と告げられながら、読んでいくと、二谷の異常なまでの嫉妬深さの例を見せられて、郷に同情してしまうかもしれない。断っておくが、いま問題にしているのは、郷と二谷とどっちが悪いかということではない。問題なのは、「こんな女じゃあ郷ひろみも大変だったろうなあ」と読者が思うためには、その場面を逐一再現しなければならなかったということだ。郷が後藤久美子と食事をしたとか、宴席に藝者が侍っていたとか、そういうことに二谷がどう反応したか、これを「正確に要約」することは、まず不可能である。

ところが二谷がその二年後に発表した手記『楯』（文春文庫）となると、今度は、郷のどういう態度に二谷が怒りを覚えているのか、やはり要約によって知ることはできないくらい、微妙なものがあるのだが、同時にそれを伝える二谷の文章の粘着質（斎藤美奈子の表現）[1]も伝わってくるから、もはやこれは要約不能としか言いようがない。確かに私たちは、プレイボーイの郷と、嫉妬深い二谷だからうまくいかなかったのだ、と「纏《まと》める」ことはできる。しかしこれはむしろ分かりやすい例であり、まったく無名の二人の人間の諍《いさか》いとなると、誰かに正邪を判定してもらうためには、やはり詳細に、分かるかぎりの細部を再現しなければならなくなる。

だが現実には、その「言葉」を再現しただけでは足りない。誰某がその言葉を口にした時の表情、目つき、そして往々にして喧嘩の原因になるのは、相手が微《かす》かに笑った、ということだったりする（野沢尚の江戸川乱歩賞受賞作『破線のマリス』（講談社文庫）は、この笑いが重要な意味を持ってしまうという例だ）。

その意味で、些細な行き違いが積み重なるさまを事実に即してみごとに描いたのは、小林よしのりが、薬害エイズ問題で共に戦っていた川田龍平と訣別することになった経過を克明に、言葉と絵を使って表現した『新ゴーマニズム宣言スペシャル　脱正義論』（幻冬舎）である。なおここでも、私は現実における小林のやり方が正しかったかどうかを問題にしているのではない。この作は、「要約の不可能性」の見事な例だと言っているだけである。小林と川田の対立点は、小林は厚生省に謝罪させ、裁判に持ち込んだ時点でこの「運動」を終わらせようとしたのに、川田はさらに別の形で社会運動家として活動を続けたがった点である、と「要約」することは可能だが、二人の間の感情の疎隔が生成発展する過程、小林が感じた違和感といったものは、そのマンガ表現によってしか理解できない。そしてそれは「事実」だからリアルであり、虚構の世界でこの種の描写を作り上げるには並々ならぬ想像力を必要とするだろう。仮に虚構でこれをやったとしても、それは作者が体験ないし実見したことをパン種としているのが普通だ。

だから、文藝作品を例にとってこれに近いものを挙げるのはなかなか難しい。たとえば、浅野《あさの》内匠頭《たくみのかみ》が吉良《きら》上野介《こうずけのすけ》に江戸城内で斬りつけた事件にしても、その原因は、浅野に、吉良に対する「遺恨」があったというだけで、詳しいことは分かっていないから、古来、さまざまな解釈がなされてきたが、『仮名手本忠臣蔵』では、高師直《こうのもろのお》（吉良）が塩冶《えんや》判官《はんがん》（浅野）の妻に横恋慕して恋文を送ったが突き返されたので、腹癒《はらい》せに判官を侮辱したのが原因とされており、近代になってからも、吉良が浅野を何らかの形でいじめたのであろうという解釈が踏襲され、賄賂《わいろ》が不十分だったからとか、塩の産地同士で何か揉《も》めたのだろうといったものが出ているが、一九九九年に放送されたＮＨＫの大河ドラマ『元禄繚乱』で、書き下ろし脚本の中島丈博《たけひろ》は、吉良の側に確たる悪意を設定せず、いくつかの行き違いが刃傷《にんじょう》を惹き起こしたというふうに描いていた。もっとも、いくぶん不自然に見えたのは否定できない。諍いに発展する形ではなく、謎を残すという形でなら、夏目漱石の『三四郎』も要約が難しい。美禰子が何を考えていたか、は分からないままになっているからだ。

たとえば、シェイクスピアの『リチャード三世』には、冒頭近く、主人公であるグロスター公リチャードが、自分が殺したも同然の皇太子エドワードの未亡人アンを口説き落とす場面があるが、これをたとえば「リチャードは悪魔的な説得術をもってアンを……」というふうに要約したとしても、話の筋は分かるだろうが、やはりその説得がどう進行したか、人は知りたくなるだろう。同じように、『ジュリアス・シーザー』で、ブルータスがシーザー暗殺の理由を十分説明した後、アントニーが民衆の心を反ブルータスへと翻《ひるがえ》させるのも、要約不能であり、この対話によって人の心が変わってゆく、要約不能な過程を巧みに描いた点、まさにシェイクスピアの天才の冴え渡る箇所である。

あるいは、先ほど触れたオースティンの小説でも、ヒロインはたいてい、最初のほうから登場している男と結婚することになってはいるのだが、その経過がどのようにして起こるのか、そしてまた二人はどのようにお互いの「愛」を確認しあうのか、読者としては知りたく思う。つまり、根本的に要約は不可能なのだ。結果が分かっているからといって人が退屈しないのは、言語藝術というものに、この根源的要約不可能性があるからなのである。

この「要約の不可能性」を十全に利用したのが、チェーホフの戯曲である。チェーホフの戯曲のうち、要約がしやすいのは『桜の園』(一九〇四)だろうが、それも含めて、『かもめ』(一八九六)『ワーニャ伯父さん』(一八九七)『三人姉妹』(一九〇一)など、要約したとしたらそれは油っけを抜いた「目黒のさんま」のごとき代物になってしまうだろう。チェーホフにおいては、台詞《せりふ》のひとつひとつが「要約不能」なように嵌《は》め込まれており、人はそれを逐一聴き取る、あるいは読むことによってしか十全にチェーホフ作品に触れることはできない。

作品の良し悪しを言うならば、要約によって分かってしまうような作品は通俗的な作品だと言うことができるだろう(横溝正史の『本陣殺人事件』?)。しかしチェーホフの世界を、子供や若者が十全に理解するのは難しい。日本人にとっては、ロシヤ社会という作品の背景が分かりにくいということもあるが、ここで描かれているような体験自体が、大人の生活体験に照応するようにできているからだ。オースティンの作品や『細雪』も、大人の生活時間に合わせてゆったりと、細部を楽しむように作られている。

ロシヤの作家と退屈

そしてチェーホフこそ、「退屈」について多くを書いた作家である。何しろ『退屈な話』という短編（日本でいえば中編、一八八九）さえあるくらいだ。もっとも、ロシヤの作家は概して「退屈」に敏感である。トルストイの『アンナ・カレーニナ』（一八七三―七七）のわき筋の主役であるリョーヴィンは、生きる目的が見当たらない人生をどうやって生きるかという例として、姦通によって退屈から逃れようとしたアンナと対照させられているし、『イワン・イリッチの死』（一八八六）など、死の恐怖を描いたというよりは、主人公の生の退屈さを描くことに主眼があると言うべきだ。

幼年時代から遠ざかって、現在に近づけば近づくほど、喜びはますますつまらない、疑わしいものになってきた。それは法律学校時代からはじまる。もっとも、その時代には、まだ本当にいいものもなにやかやあった。そこには快活さがあった。そこには友情があった、そこには希望があった。しかし、上級に進んだ時、こうした幸福な瞬間はもうだいぶすくなくなった。それから、はじめて県知事づきで勤務した時、再び幸福な瞬間が現われた。それは女に対する愛の記憶であった。やがて、そういうものがみんなごっちゃになって、美しいところはいっそうすくなくなった。それから先はまたさらに減じて行き、年をとればとるほど状態が悪くなる。

結婚（中略）それから思いがけない幻滅、妻の口臭、性欲、虚飾！　それから、あの死んだような勤め、金の心配、こうして一年、二年、十年、二十年と過ぎていったが――すべてはいぜんとして同じである。先へ進めば進むほど、いよいよ生気がなくなってくる。自分は山へ登っているのだと思い込みながら、規則正しく坂を下っていたようなものだ。（米川正夫訳）

そしてゴンチャロフの『オブローモフ』（一八四九‐五七）の第一部「オブローモフの夢」は、貴族で独身のオブローモフがさしたる仕事もなく終日長椅子《ながいす》で過ごすさまを描いていて、人はこの部分が読んでいて退屈だと言う（発表当時から言われていた。ドブロリューボフ『オブローモフ主義とは何か？』岩波文庫、参照）。ただし、私には退屈ではなかった。というのは、これを読んだ当時の私は大学生で、いわば遊民だったから、オブローモフの「やることがない」無力感がよく分かったからである（要するに勉強熱心ではなかったということだが……）。

ロシヤの作家が特に退屈に敏感なのは、やはりその風土に関係するだろう。と同時に、フランスやドイツといった西方の先進諸国に比べて、ロシヤは常に遅れているという意識を持たされていたからでもある。たとえば『かもめ』のトリゴーリンは、三十代で既に名声を得た作家で、しかも年上の女優アルカージナを愛人にしている。けれど彼は深く「退屈」しており、「退屈しのぎ」(神西清の訳語)に若い女優志望の娘ニーナを誘惑し、首都へ連れていき、しかし結局ニーナを捨ててしまう。トリゴーリンは流行作家だが、次から次へと書かなければならず、しかしトルストイやトゥルゲーネフのような一流作家にはなれないと言って苦悩を訴えるが、ではトルストイが幸福だったか、夏目漱石が生に満足していたかと言えば、疑わしい。名声でさえ人を退屈から完全に救うことはできないのだ。

ニーナのような未熟な娘にトリゴーリンが惹かれてしまったのは、ニーナがいまだそうした大人の「退屈」を知らない若々しい好奇心に満ちた女だったからだということができる。けれど、いったん首都へ連れ出せば、ニーナもまた、そのへんにいくらでもいる、名声を求める女たちと変わりはなかった。トリゴーリンの苦悩は、ニーナへの思慕と文学的野心を挫かれて自殺するトレープレフのそれより、深いかもしれない。一八五九年、ドブロリューボフはこう書いている。「ひさしいまえから指摘されているように、ロシヤのもっともすぐれた中編小説や長編小説の主人公たちはすべて生活のなかに目的を見ることができず、適当な事業を見いだすことができないために悩んでいる。その結果として、彼らはあらゆることに退屈と嫌悪とをおぼえ」る。

哲学の「面白さ」

私が高校生の頃、『現代国語』の教科書に哲学者の田中美知太郎の文章が載っていた。田中はそこで、学問というのは面白いからするもので、フィロソフィーの原義は「知を愛する」であり、それがすぐに役に立つか、何の意味があるかといったことを考えるべきではない、と書いていた。確か二年生の教科書の最初のほうに出てきたものだから、その教科書の編纂《へんさん》者の意見を代弁するものだったのだろう。こういう言い方は、いかにも「現実の役に立たない」と思われがちな哲学の研究者ならではのものだ。

その文章の中で気になったのは、ある女子学生が田中に、こういう研究にどういう現代的意義があるのか分からない、と言ったという話が紹介されて、田中は、「学問というものは、見ることとそのことが楽しみであり、そこにものがあるからそれを見たいという、それだけで成り立っているのだとも言える。この若い女性が、例えば恋愛をするとしたら、恋愛の現代的意義がはっきりしないと恋愛をしないなどと言うだろうか」と書いていたことだ[2]。女子学生－恋愛という連想がいかにも明治生まれの学者らしいし、今ならセクシャル・ハラスメントになりかねないから、今の教科書にこの文章、少なくともこの部分は載っていないだろう。けれどひっかかったのは、要するにその女子学生は、研究が面白くなかったのだろう、ということで、しかしそうぶっつけに言うのも憚《はばか》られたから「現代的意義」などと言ったのだろうということだった。ここで、「面白い／意味がある」ということは、本当に対立的なものなのだろうか、というふうに考えたい。

たとえば、哲学といっても様々だが、「世界観哲学」と呼ばれることもあるニーチェやキェルケゴールの著作は、時にその人の人生観を変えるほどの衝撃力を持つ。それは要するに、この二人の著作には危険性もあるということで、ニーチェはナチスに影響を与えたとされているが、実際そういうドイツ・ナショナリズムを高揚させるという意味だけでなく、下手に若者がニーチェに触れると、自分が凡人ではないと思い込むというあまり好ましからぬ結果を生むことがある。

それからもう一つ、アリストテレス以来の、学問の基礎としての哲学があり、カント、フッサールといった後継者を持っており、彼らの著作は、簡単に読む者の世界観を揺るがすようなものではないが、ちゃんと読んだ後では世界が変わって見えるはずのものだ。特にカントは、『実践理性批判』で、道徳は実践において意味を持ってくる、と論じているし、世界観哲学とも学問の基礎とも、いずれとも言いうるハイデッガーの存在論は、これまた根深いところで読む者の人生観に影響を与える。

つまり哲学についても、「現代的意義」が本当にない哲学などというものが面白いかどうか、疑わしいのである。しかし、現代的意義は皆無だけれど人が面白がるものというのもあって、たとえば邪馬台国がどこにあったか、色々な人が議論しているけれども、あれは別にどこにあっても、どうでもいいものであるし、むしろ天皇家が朝鮮から来たかどうかのほうが、現実に対して影響を与えうる。

では現代的意義があるけれど面白くないものというのはあるかと言うと、たとえば現代経済の分析などは、amusing（楽しい）ではないかもしれないが、interesting（関心を引く）ではあるから、こちらはなかなか考えにくい。つまり、「意味がある（significant）」ことは、「面白い」ことの必要条件ではないかもしれないが十分条件ではあるのだ（ベン図で示しておく）。たぶん田中の女子学生が研究させられていたのは、古代ギリシャの哲学者の記述の訓詁註釈でもあったのだろう。だから、面白くないなら、それは仕方がない。

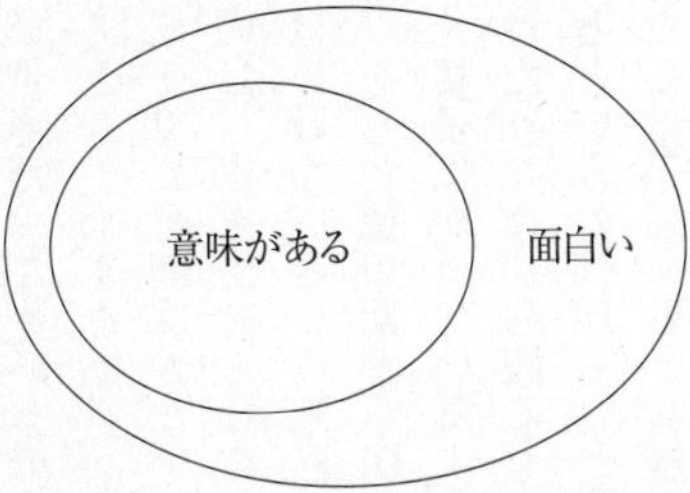

ところで私は、全体として女のほうが「退屈」に強いのではないか、と思う。もちろんこれは平均値の話であって、「男」的な女もいれば「女」的な男もいる。しかしたとえば、日本でも外国でも、劇場へ行って芝居を観ているのは女が多い。昔はいざ知らず、現代の先進諸国の劇場なるものは、じっと座って数時間、黙って観ていなければならな

い世界だ。こういうのは、女に向いているのではないか。逆に男は、野球とかサッカーとか、わあわあ言いながら観られるもののほうへ行く。ちなみに私は相撲《すもう》以外のスポーツには興味がない。だから女的かというとそうでもなくて、私が歌舞伎が好きなのは、声を掛けられるからである。あれは歌舞伎座なら三階席からでなくては掛けてはいけないという暗黙の了解があるので、たいてい三階席に陣取る。

そして徳川期から明治期にかけての歌舞伎というのは、今のように大方がおとなしく椅子にかけているようなものではなく、枡席《ますせき》に座って食べたり飲んだり掛け声を掛けたりしながら観るものだった。これは西洋でも同じで、十八世紀ころまでの劇場などというのは、もっと騒がしいものだったはずだ。王政復古期の英国の劇場では、男たちは退屈すると女優の着替えを覗《のぞ》きに行ったというのはその筋では有名な話だ。国会といえば、戦後すぐの選挙の時や最近では違うけれど、もっぱら男の世界だから、野次がすごい。あれは議員のマナーが悪いというより、男というのは黙ってじっと座っているのが苦手なのではないか。飛行機がハイジャックされた時も、狭いところにじっとしている能力は女のほうが高いのだから、「女子どもを先に降ろせ」というのは間違いで、男を先に降ろすべきだという意見もある。

そしてこれは多分、男性ホルモンであるテストステロンの働きではないかと思うのだ。テストステロンは攻撃性、外向性を促進するが、男は胎内にいる時、このホルモンをシャワーのように浴びて、男になる。もっとも、女に生まれてもテストステロンの分泌はあるので、成長の後、男に混じって働くようになると、やはり退屈への抵抗力は減退するのではないか。カラオケに行くと、他人のことを顧みず一人で歌いまくる人がいるが、こういう人はきっとテストステロンの分泌が激しいのだ。もちろん陶酔しているからセロトニンも多分に出ているだろうが。

（1）斎藤美奈子『誤読日記』（朝日新聞社、二〇〇五）。
（2）『田中美知太郎全集　第十四巻』（筑摩書房、増補版、一九八七）、「学問論」の第四章「ものをそれ自体として見ることがなぜ必要か」、三二八頁。しかし先の梅原猛は『学問のすすめ』で、学生だった梅原の、自分の関心から出発するやり方を師の田中からたしなめられて二度も衝突したことを書いている。

第七章　唯退屈論の構想――恋愛と宗教

禁忌なき時代の恋愛

「コクる」という若者言葉がある。「告白する」から派生したもので、「愛を告白する」の意味であるが、この省略型の軽い語感どおり、今の若者の中には、気軽に異性に「付き合ってくれ」と言う者も多かろう。その昔は、「愛の告白」などと言えば、大変な決意と覚悟をもってしたものである。しかし実のところ簡単に「付き合って」と言われて「いいよ」といった感じで付き合いはじめるのは、あまり面白いことではないだろう。むしろ、単なる知り合いないしは友人関係の男女、それも最低で二十五歳は超えていなければいけないが、二人が電話や、あるいは宵の口のバーやラウンジで普通に会話をしながら、次第に会話が色っぽい方向に向かい、一般論として語ったり、他人事のように語ったりしながら、実はそれが相手に対する思慕の情の表明であって、その些細《ささい》なサインを読み取り、相手もまた小さなサインでそれを返してくるといった過程のほうが、多分にスリリングだし、特にどちらかが既婚者であれば、といっても男が既婚者で女が独身だと、ただ弄《もてあそ》ばれるだけという危険が女の側にあるし、男はけっこう大胆に初手から迫ったりするのであまり面白くはなく、むしろ女が既婚者で男が独身のほうが、しかも女のほうが年上だったりすると、さぞかしどきどきするだろうし、「主人、今日は出張なの」とでも言えばいよいよどきどきして、さぞ面白かろう、と思う。

実際、恋愛というのは、ヒトがヒトであることの証《あか》し、あるいはいちばん面白い退屈しのぎ、そして遊びだと言って差し支えないだろう。もちろん、俺にとってはそうじゃない、競馬や麻雀のほうがずっと面白い、女なんぞ面倒でたまらん、という人もいるだろう。ところで既に述べた通り、恋愛の面白さというのは、その中にセックスの快楽（とそれへの期待）を含んでいるとしても、それだけではないし、むしろセックスそのものより、そこへ持ち込むまでの駆け引きのほうが面白いくらいだ。

ボノボやチンパンジーがペニスを振り立てて求愛行動をすることから、人類の先祖がいまだ未発達の言語で性交（交尾？）に誘うことを経て、初期の人類がやはり未発達ながらいちおうは言語の体をなしたものを使ったりしながら女を藪《やぶ》の中へと誘い込み、ついで原始的とは言い条、いくぶんは詩的な趣きを帯びてきた言葉を使って女を誘うという形で、求愛の言語は発達してきたのだろうし、いったん関係のできた異性と別れなければならない時は、『万葉集』や『詩経』国風、そして古代ローマの詩人たちが歌ったような恋の嘆きの歌も生まれたのである。

もし人類がこの恋愛というものを発明しなかったら、多分、文藝というものもさほど発達しなかったのではないかと思われる。実際、『源氏物語』その他、どう見ても世界的に価値の高い恋愛物語群が書かれていたころ、ヨーロッパでは戦乱を扱った叙事詩のほか、トリスタンとイズーの物語のような素朴なものしかできていなかったのも、カトリシズムが支配していたからだろう。そしてまた、男たちは、伝説に従うならへレナという女一人のために十年にわたるトロイ戦争を戦い、その結果イタリアへ漂着したアエネーイスはローマ人の祖となったし、多くの男は女を目当てに奮闘努力したことであろうから、恋愛なるものがなければ文明そのものもあまり発達しなかったかもしれない。

だが、私が前から言っているように、相愛の恋愛というのは、誰にでもできるものではない。光源氏の時代にあいう恋愛遊戯ができたのは、一握りの貴族だけだったし、庶民の恋愛は、身近にいる女に声を掛けてうまくいけば簡単に子供を作ってというだいぶ殺風景なものだったはずだ。武士階級というものはあまり恋愛に重きを置かなかったから、中世においてはちょうど西洋中世と同じように宗教、つまり仏教文化のほうが発達したのであって、いずこの地域でもそういう時代というのはあるものらしい。

武士が平安朝後期からのし上がってきたように、中世後期になると、堺や京都に町衆というものが形成されて、近世の町人という階層の基盤ができた。平安朝の妻問い婚と違って、武士や町人の嫁取り婚では女の貞操は大事だったから、徳川時代になると、武士や上層の庶民の娘相手に結婚の約束もなしにセックスまで持ち込む恋愛をするのは普通は許されなかったし、武家屋敷に仕える侍と侍女がそういう関係になれば、「不義はお家のご法度」で手討ちにされる恐れもあった。

江戸には「出合い茶屋」というものがあって、下層町人の尻軽女などは、そこで男と会ってセックスしていたが（花咲一男『江戸の出合茶屋』三樹書房）、そういう女は男に激しい恋愛感情というものを起こさせないから、あまり面白くない。アンシアン・レジームと呼ばれる、フランス革命前の体制の中では、貴婦人の中には、その美貌を武器に老いた金持ちの貴族と結婚して自分では他に愛人を作り、夫が死んで遺産が入るのを待つという者もあったが、日本の武家やシナの上層階級の女には、そういうことは多分なかった。前近代で女に可能な恋愛は、こんなところで終わりである。

　だが男の場合は、それだけでは終わらない。シナには六朝《りくちょう》（三－六世紀）の頃から、妓女との遊びというものが士太夫階級の男の習慣としてあって、外教坊と呼ばれる遊里で楽器や詩文を良くする技藝を備えた玄人《くろうと》女たちとの恋愛遊戯の場が設けられていたし、日本でも徳川時代に入ると、その前期においては、花魁《おいらん》、太夫《たゆう》などと言われる高級娼婦が、武士や豪商を相手にした。そういう場では、近代における素人女の世界ではまったく相手にされないような「もてない男」でも、とりあえず色道修業ができたのである。その風儀は、今でも日本では、政治家や企業重役の世界で生きている。古代ギリシャにも、ヘタイラと呼ばれる高級娼婦が、時には知識人相手の高尚な議論の相手にさえなったから、東西、時代による変異はあっても、恋愛の諸相はだいたい同じようなものであると私は考えている。

　初期のカトリシズムは、売春を罪と見なしはしたが、家父長制を守るためにはそれも必要悪と見て黙認していた[1]。敢然と売買春を悪として位置づけたのは、清教徒である。その清教徒たちが建てた国であるアメリカ合衆国は近代以前の歴史を持たないため、始めから一夫一婦制が理想とされており、戦後日本はその影響を受けているが、日本には近代以前の売春美化の伝統さえあるので、ややこしいことになっている。

　シナでは中華人民共和国成立後、妻を「愛人《アイレン》」と呼ぶようになったが、それは社会主義経由の西洋思想のもたらしたものであり、それ以前は、辛亥革命後になっても本格的な一夫多妻制が生きていた。キリスト教社会では、公然と妾《めかけ》を持つようなことはできなかったので、男が妻以外の女と遊ぶとすれば、娼婦か、あるいは隠れて愛人を持つか、小間使いと関係を持つかだっただろう。妾に当たる英語は concubine だが、これは中東の王族とか豪族、ないしシナのそれを指すもので、愛人は mistress になるが、そう呼ばれることは恥辱だった。ドストエフスキーの『白痴』（一八六八）のヒロイン、ナスターシャ・フィリポヴナが、地主の妾だったことをひどく恥じているのは、日本人には少々分かりにくいものがある。その当時の日本では妾というのはさほど恥ずべき存在ではなかったからである。大正期ころまで、裕福な男はよそに妾を持ったり、玄人の愛人を作ったりしていた。

もっとも日本でも明治期になると、売春婦とか妾とか、一夫一婦制を揺るがす存在は非難されるようになり、娼婦買いはともかく、妾を囲っているような男は新聞などで糾弾された。ジャーナリストで作家の黒岩涙香《るいこう》が、名士たちの妾囲いを実名を挙げて指弾したのが『弊風一班蓄妾の実例』（現代教養文庫）である。女の中でも、上流階級の夫人などは、役者買いといって歌舞伎役者を買ったりもしていたようだが、数としては男のそれよりはずっと少なかっただろうし、既婚女性の婚姻外恋愛が性関係にまで進めば姦通罪として罰せられることになっていた。

いずれにせよ現代の先進社会では、男も女も、いったん結婚してしまえば、一応は配偶者への貞操を守らなければならない建前だから、恋愛の楽しみは結婚とともに終わることになっている。だが、まさにそれは「退屈」への道である。男というものは、あちこちで言われているように、ある女といったんセックスするまでは熱心に求愛しても、それから後は比較的冷淡になるようにできているらしい。

もっとも、その男にとっての初めてのセックスの相手の場合など、最初のうちは男も熱心に関係をもつということも、時には殊更な愛情もなくセックスしたのにそれから愛情が芽生えるということもあるようである。藤堂志津子の小説にもそういう男が出てくる。三十二歳で独身の主人公利保子の、付き合いはじめた二十六歳の伊沢に対する述懐である。

> 裸でベッドに入ってから、伊沢は自分に童貞だと告げて、利保子をたじろがせた。できることなら、いますぐその場から逃げだしたかった。
>
> 童貞の男とかかわって、懲《こ》りごりした経験が利保子にはあり、以来、けっして「まっさらな男」には手だしをするまいと決めていたのだ。
>
> しかし、やっぱりだった。やっぱり伊沢も利保子との関係を遊びとは割り切れずに、執着心をむきだしにして見つめてくる。

> （略）その性格の粘着性が、利保子に夢中になっている度合いの激しさが、その夢中の中身が多分にセックスへの物珍しさであるに違いないことが〔鬱陶しい＝小谷野注〕。（『夜のかけら』講談社文庫、四四、六七頁）

こういう場合もあるが、しかし関係した女の数が増えてくると、そういちいち執着もしていられないし、あるいは結婚して、妻以外の女と関係を持ってはいけないということになって三年、五年と経ってくると、さすがに飽きてくる。いや俺は二十年連れ添ってなお女房に飽きないという人もいるだろうし、貞淑な妻よりも今にも他の男と浮気をしそうな妻のほうが、夫をはらはらさせるから飽きられるのも遅くなるかもしれない。

伊藤整は、「結婚して、そうですな、気の早い旦那様ならば、三日目に、何が理由だか解らないけれども、急に不機嫌になって、前のように愛想や愛のササヤキを言わないばかりか、これをロコツに述べれば、テメエノヨウナ、スベタト結婚シテ、生涯ノ大失敗ヲシテシマッタヨ、という意味の表情をするものです」と書いている（『女性に関する十二章』中公文庫、五二―三頁）。三日はちょっと早いようだが、三年も経てばそういうこともあろう。そこで、浮気を始める。

会社の部下の女とか、娼婦とか、藝者とか、バーのママとかである。近代社会は、娯楽の種をそうとう増やしたけれど、男の三道楽は呑《の》む・打つ・買う、であり、酒を飲むのは日本ではたいへん甘く見られているが、賭博《とばく》は私的に行えば犯罪だし、売春はいちおう法で禁じられているけれど事実上放置、黙認されてはいるが、徳川時代のように泊まり掛けでの遊びというのはないから（ホステスが客とホテルで泊まってしまうというのは職業外だろう）、自然と面白みも少ないし、売春そのものへの罪悪感が、ずっと強くなっている。「買う」に限らなくても、男の遊び、あるいは「退屈しのぎ」として「女」というものを想定すると、現代社会では「買う」は「浮気」に変わっているわけだが、それもかつてのように大っぴらにできるわけではない。

さて、妻を相手に「恋愛」を続けるのはたいそう難しいことであるのは認めるほかない。中世の北フランスの宮廷で戯れに行われた「恋愛法廷」では、夫婦の間に恋というものはありえない、とされている（アンドレーアース・カペルラーヌス『宮廷風恋愛について』）。日本でも、恋愛と結婚の境目が不確かだった万葉時代はいざ知らず（古橋信《のぶ》孝《よし》『古代の恋愛生活』ＮＨＫブックス）、「妻」なる存在は、恋愛の相手だとはあまり考えられていなかった。

たとえば、双方独身の男女が、週に一度でも、どちらかのマンションやどこかのホテルで会うというと、それ相応に恋愛らしくもあるだろうが、親戚知人に通知して夫婦となったものが一つ屋根の下で暮らしてセックスしていても、どうも恋愛らしい楽しみというものはないのではなかろうか。シャルル・フーリエに始まって、大杉栄とか、「自由恋愛」を提唱した人たちというのは、多分この「安定した男女関係」の退屈さと不自由さを感じていたのだろう。ところが、大杉は実際、伊藤野枝《のえ》と関係を持ちはじめた時、前の恋人だった神近市子に日蔭茶屋で刺されるという事件を起こしているし、どうも物騒である。

それに子供の問題もある。現代では避妊法もだいぶ進歩したから、作りたくなければ、慎重にやりさえすれば子供は作らずに済むだろうが、いざ作るとなると具合が悪い。一夫多妻制の世界でなら、男に財力がありさえすれば、それぞれの女のところで生まれた子供を育てればいいのだが、現代の女がそれでは承知しないだろう。では多夫多妻の乱婚制にしたらどうかというに、それでは女が妊娠した時、父親が誰だかはっきりしないという不都合が生まれる（女には分かるものだと言う人もいるが、それを女が正直に言うとは限らない）。

私は以前、ある女性から手紙をもらって、そこには、男女平等というものが進めば、女も昔の男たちと同じように、一遍に複数の男と付き合える世の中になるのだろうと期待していたのに、そうじゃなくて男女双方が禁欲的になるような世界になって、残念です、と書いてあった。これまでの記述を読んで、それは男中心の見方だと思ったひともいただろうが、確かにそうで、女は先の生物学、動物学的な観点から言っても、タネ蒔《ま》き本能があるわけではないし、子供が生まれた時はよほど頑丈なメスでない限りその父親であるオスについていてもらわなければならないので、男ほどポリガマス（多婚主義）な性質を持っていないと考えるべきだ。もちろん個人差というのがあるから、前述のような女性もいる。

しかし、実は「恋愛」というのは、ある程度セックスに関する禁忌や禁止が発明されてから出来たものなのである。未開社会のように十三、四になったら平気でセックスをするようになる文化では、自《おの》ずと、ある異性への狂おしい思いなどというのは生まれてこないはずで、そうなれば恋愛の微妙でスリリングな言葉のやり取りもなくなり、退屈しのぎとしての面白さは減少せざるをえないのだ。

日本でも、「津山三十人殺し」の背景となったような夜這《よば》いの風習は昭和初期まで日本の農漁村には残っていたが、(2) そういう所では、人妻との恋のはらはらさせるような経験のようなものは生まれない。単にセックスの快楽があるだけになってしまうし、それ自体はさほどのものではない。日本の『源氏物語』から、フランスの『クレーヴの奥方』（ラファイエット夫人、一六七八）とか『ドルジェル伯の舞踏会』（ラディゲ、一九二四）に至るような恋愛小説は、結婚した女が他の異性と関係することを禁じる社会の中でしか生まれない。男であっても、既婚者の他の女との恋愛が禁じられているからこそ、イーディス・ウォートンの『エイジ・オヴ・イノセンス』（一九二〇）のよう

な恋愛が生まれる。(3)

同じことは、ヌード写真のような広い意味でのポルノグラフィーについても言えるのであり、猥褻物《わいせつぶつ》の範囲が広かった頃は、今ならどうということもない上半身ヌードでも男を興奮させるに足りたし、アダルトヴィデオも、当初は十分興奮させるに足りるものだったが、写真なら陰毛まで事実上解禁されると、かえってそんなものを見ても男はさほど感興を覚えなくなり、ヴィデオもまた、始めは美しいAV女優自体が珍しかったから、「おおこんな綺麗な女が」と思えたが、今や美人AV女優など珍しくもなく、表現そのものがいよいよ過激になり、しかしやはり男は次第にその過激さにも飽きていったのである。猥褻表現がどこまで合法かは、警察や検察の裁量に任されているから、とりあえず日本では、陰毛が合法になり、性器そのものや性交の結合部は違法ということになっていると言えるだろうが、仮にそれらがすべて解禁されたとして、それはやはり、漸次、単に性表現に対する退屈を生むだけだろう。

退屈を予防するという観点から言っても、性表現はあまり解禁しないほうがいいだろう。上野千鶴子などは、まさにこの「退屈効果」による男の性欲の解体を目指していた。「おまんこ」と連呼することによって、この語が持つ猥褻感をなくそうとしていたのも(『女遊び』)、性表現を全面解禁すべきだと発言していたのも(宮台真司との対談「メディア・セックス・家族」)、その一環である。だが、性表現の全面解禁が行われたといっていいであろう西洋諸国で、性犯罪がなくなったわけではないから、この戦略は無効に近い。なぜなら、「強姦」のような性暴力は「解禁」するわけにはいかないし、平和的な性に飽きた男の性欲は、暴力的な方向へ向かうからである。

宗教と神経症

「自由」を人が息苦しく感じるということは、エーリヒ・フロムが『自由からの逃走』（邦訳、東京創元社）でファシズムを例にとって論じたが、これは今なお正しいし、最近では大澤真幸が論文「自由の牢獄」で同趣旨のことを、より普遍的な文脈で論じた。宗教の起源については第二章で論じたが、キリスト教や仏教、イスラム教のように体制と化したもの、あるいはヒンドゥー教のように体制そのものであるものを除けば、前近代社会でその宗教を支え持続させていたのが、貧困や支配階級による抑圧に苦しむ人々だったとすれば（たとえば日本の一向宗やキリシタン、各種の民間信仰や近世後期以来の新興宗教、西洋ならば清教徒やクエイカーなど）、貧困や圧政が少なくなった現代の先進社会では、宗教の勢力も衰えなければならない道理だ。そして実際、近世、すなわち十七世紀以降は、西洋でも日本でも、中世的な宗教勢力は衰えていき、代わって商業資本主義や近代科学が興隆して、貧困は社会全体の富を増やすことによって、病気は近代科学に基づいて発達した医学によって、支配階級の抑圧は政治と社会の改革によってなくなる方向に向かった。

しかしその方向への動きがある程度成功を収め、スピードを緩め、停滞すると、二十世紀後半、再び人々は宗教に向かうようになった。この点はオウム真理教事件以後、多くの人が論じているので縷説《るせつ》しない。宗教のみならず、占星術とか魔術とか臨死体験とか（ユング心理学とかトランスパーソナル心理学とか）、オカルトに対しても現代の若い人々の関心は高まっている。これは第一に、どれほど医学が進歩しても人が最後には死ぬという事実は変えられないから死の恐怖は付きまとい、かつ依然として治療困難な病気というものがあるからであり、第二に、社会改革なるものが行き詰まりを見せているからであると言っていいだろうが、最終的には、貧困、病気、圧政等が少なくなった社会で、人は退屈を感じるからではないかと、この書物では仮説的に言っておきたい。

たとえば医学が依然として十分に治療できない病気として、癌《がん》のような身体的なもののほかに、精神病、神経症のような精神疾患がある。そして神経症の場合、これの治療に宗教的な手法が使われることが少なくないのである。最近、東京や大阪のような都市部で、「神経症は君だけじゃない」と書かれたポスターが貼《は》ってあるのを見る。これは「メンタルヘルス友の会」なる団体の集まりへの誘致なのだが、実際にはこの団体は浄土真宗系の宗教団体で、その会合へ行くと、講師から、親鸞上人《しんらんしょうにん》の教えで神経症を治しましょうといった話を聞かされる。果して親鸞の教えで神経症が治るのかどうかと言えば、人によっては治るとしか言いようがないのだが、そこに一つの問題があることは第九章で述べたい。

神経症の基本的な症状はさまざまで、だいたい不安、恐怖、強迫観念などを基礎にするが、より現実的な現れ方は人によって個人差が大きいので、精神医学では容易に対処できずにいる。二十世紀始め、フロイトが精神分析を創始したのは、もともと神経症治療のためだったのだが、実際には精神分析によって神経症を治すことは現在では難しい。フロイトが治せたとしたら、当時の社会が性に対する抑圧が大きく、フロイトはそれを取り除くことを提唱したからである。鬱病《うつびょう》と神経症はいちおう別のものにされているが、神経症が鬱症状を伴うことも多く、さらにこれは慢性疲労などを引き起こす。

一般に現在の精神科医はマイナー・トランキライザー（抗不安剤）や抗鬱剤《こううつざい》を処方するが、最近、ＳＳＲＩという新型の抗鬱剤が開発され、これが劇的に気分を爽快《そうかい》にさせるというので米国では数千万人が服用しているとされており、日本でも認可されたが、今のところ日本人では副作用の大きい患者の割合が高く、三分の一くらいの人にしか効かないようである。ＳＳＲＩは selective serotonin reuptake inhibitor（選択的セロトニン再吸収阻害薬）の略で、脳内のシナプス間の伝達を促進する脳内物質セロトニンが、それ以外の用途に用いられるのを阻害してセロトニンの不足を補うものだ。鬱《うつ》と退屈の間には密接な関係があると見ていいが、要するに退屈とは、ドーパミンやセロトニンのような脳内物質の不足に還元されるものなのだ。人の気分などというのは薬で変えられるものだ、とは村上龍が昔から言っていたことだが、それはある程度正しい。しかしSSRIの場合、効かない患者もいるから、薬全能論を取るわけにはいかない。

唯退屈論の構想

死の恐怖にしても、人が退屈する時に強く意識されるものであるから、特殊な精神構造を持った者はともかく、往々にして退屈は鬱を生み、死の恐怖を意識させ、いかに社会が豊かになっても、仮に退屈から神経症が生じると仮定したら、この苦しみは遂《つい》に癒《いや》せないことになる。しかし人は、厳しい身体的、精神的鍛練に晒《さら》されると、ドーパミンやβ《ベータ》・エンドルフィンのような脳内物質が分泌され、これが退屈の癒しにも神経症の治療にも効果があるので、療法として自律訓練法と呼ばれる身体的訓練を用いる医者もいる。戸塚ヨットスクールの戸塚宏も、ヨットの上で生命の危険に晒されることが、ドーパミンの分泌を促し、社会への適応不全を治療できると主張しており、戸塚の理論自体は正しい。そして宗教もまた、規律と、集団への自我の溶解によって人を「退屈から解放」するものとして機能するのである。

神経症そのものは、動物実験によって、ネズミやサルを、狭い檻《おり》に何匹も集めたり、ダブルバインドにかけたりすることによって起こることが分かっている。だが動物には退屈はない、あるいはほとんどないから、ヒトの場合、退屈という別個の負荷がかかっていると考えるべきだろう。つまり、戦争神経症のような過剰なストレスから来るものを除けば、鬱や神経症など人の苦悩の根源を退屈に一元化し、宗教や性、遊びなどはすべて「苦悩の根源＝退屈」に抵抗する手段である、と考え、「唯退屈論」のごときものが構成できることになる。

失業したことが原因で鬱病になる者もいるが、過剰な労働で鬱病になる者もいる。失業して鬱病になった者に精神科医が薬を処方すると、「先生、薬はいいから仕事を下さい」と言うことがあるそうだ。それは必ずしも生計のためだけではなく、自分が仕事を与えられているという意識が人を抑鬱から救うのだ。だから「適度な仕事」も、退屈に抵抗するものである。遊びや性、宗教や薬も退屈に抵抗する有効な手段であるが、それが節度を失ってしまうと、再び退屈へ引き戻されることになる。だから、儒教やキリスト教のような世界宗教は、規範を設けつつ人を仕事に向けて動機づけ、これを天や唯一神の至上命令として措定するという構造を持ち、人を「生の意味の追求」という無駄な作業から遠ざけているのだ。「人生に意味があるか」という問いに対して、「ない」と答えることは、だから、この構造を崩壊させ、ヒトをその大脳がもたらす「意味の喪失という退屈」へ突き落とすことになる。

兵庫県南部大震災（阪神大震災という名称は、大阪市に被害がなかった点から不適当だと私は考えている）の後、急速に、PTSD（post-traumatic stress disorder）という災害の被害者や目撃者の後遺症が問題にされることが多くなった。この症状は、そもそも、ヴィエトナム戦争の帰還兵の間で起きたことから発見されるようになったのだが、奇妙なのは、たとえば大正十二年の関東大震災（これまた、京浜大震災とでも言うのが正確だろう）の時にそのような症状を訴えた者があまり見られなかったことで、被災地となった東京には多くの文化人が住んでいたのだから、もしあったとすれば知られているはずである。私は、天災や戦争が日常的だった時代や世界と、それが稀《まれ》な時代や世界との差異にその原因があるのではないかと考えているが、もう一つ、兵庫県南部大震災の場合、被災直後に、大阪市内では日常的な生活が行われており、買い出しに行ってそれを見たことがショックになったという話も聞いており、その落差が症状を悪化させることもあったのではないかと思っている。

だがここで、取りこぼした問題がある。社会変革はどうなるのか、ということだ。エドマンド・ウィルソンの『フィンランド駅へ』は、冒頭で、ジュール・ミシュレがヴィーコの著作を見出し、社会は神によって与えられた不変のものではなく、人間の力で変えられるという思想に触れたことを紹介して、十九世紀の、マルクスとエンゲルス、そしてレーニンへとつながる西洋の社会変革思想の歴史を物語風に叙述して、ロシヤ革命の報を受けて亡命先からロシヤへ帰ってきたレーニンが、モスクワのフィンランド駅に辿《たど》り着くまでを描いている。(4)

つまりウィルソンがこの書物で強調しようとしたのは、キリスト教の世界観と、社会変革の世界観の違いなのだが、しかしもし革命が成就されたとしても、キリスト教的世界観が備え持っていた生の意味という側面は抜け落ちることになる。それゆえ一党独裁となった共産党はあたかも中世のローマ教会のように、そして時にその党首はローマ法王か神そのもののような権威になり、崇拝を受ける者になってしまう（文化大革命時の毛沢東や、北朝鮮の金父子がその顕著な例だ）。また同時に革命は必ず頽落するものだというので唱えられるのが永久革命論で、これは左翼的なものに限らず、日本では右翼の葦津珍彦《あしづうずひこ》が『永遠の維新者』（葦津事務所）で、西郷隆盛を、王政復古の永久革命者に擬していた。先ほど私は、社会変革の思想が行き詰まった、と簡単に述べておいたが、それは社会主義のような思想が、資本制の前にひとまず蹉跌《さてつ》したという程度の意味でしかない。ではもし、理想的な社会が構築されたとしたら、退屈はどうなるのか、社会変革の意思はもはや無効なのか、章を改めて述べたい。

（1）バーン&ボニー・ブーロー『売春の社会史』（ちくま学芸文庫）。「要するにキリスト教は、ひじょうに女性嫌悪の傾向と女性のセクシュアリティへの不信感とをもった、男性中心でセックス否定的な宗教であることがわかる。（中略）キリスト教の著述家たちは売春の堕落を、そしてあらゆる性的活動に関して堕落を強調するいっぽうで、キリスト教の慈悲によって売春婦みずからも行ないを改めうるという事実も認めていた」（上巻、一八九頁）。この点について、ジャクリーン・クラン『マグダラのマリア――無限の愛』（邦訳、岩波書店）の附録論文「マグダラのマリア小論」で、聖書学者・荒井献《ささぐ》は、「キリスト教」を「古代カトリシズム」に変えればその通りだと述べている。ついでに言うなら、マグダラのマリアが娼婦だというのは後代の俗論であるというのが荒井の論旨である。

（2）「津山三十人殺し」については、松本清張『ミステリーの系譜』（中公文庫）、筑波昭『津山三十人殺し』（新潮OH!文庫）に詳しい。

（3）この作品については、拙稿「禁忌なき時代、恋愛小説は死滅する」（『聖母のいない国』青土社）で論じた。

（4）この奇妙な題名はこの最終部分に由来するのだが、西洋の大都市は、日本のように、東京駅や上野駅、新宿駅などが山手線や中央線で繋がっているという構造を持っていないことが多く、ロシヤではフィンランドから到着する終点の駅はフィンランド駅というふうに呼ばれる。現在でもサンクト・ペテルブルグにはほかにモスクワ駅、ワルシャワ駅がある。

第八章　戦争と平和と退屈

人は何らかの障害とたたかうことを経て休息を求める。ところがそれらの障害をのりこえたならば休息は堪えがたいものとなる。退屈が生じるからである。退屈をのがれて動揺を乞い求めなければならない。

（パスカル『パンセ』津田穣訳）

理性的国家の矛盾

長谷川三千子は、『民主主義とは何なのか』（文春新書）の最終章を、「理性の復権」と題している。民主主義と人権思想のいかがわしさを、ホッブズの再評価とロック批判を含めながら論じた本書全体の論旨については、今は触れないことにしよう。しかし民主主義というものが、現実には議会制、代議制を取ることによって、多数決の原理によって決められるものである以上、そこでは必ずしも理性的な判断が優先されるとは限らない。そして長谷川は、民主主義というのは「人間に理性を使わせないシステム」だと言っている。さて、ではどのようにして理性を復権させるのか、といえば、また大きな議論になってしまうだろう。それはそれで面白い話だが、ここでは、では本当に理性が隅々まで行き渡ったらどうなるのか、ということを考えてみたい。

この場合の理性に対置されるのは、感情、あるいは情動だろう。あるいは、カテゴリーのレベルは違うけれど、非合理的なものを中核に持っている宗教だろう。現実に人々の感情や情動が、社会に害を及ぼさない程度に止めておくことだけでも難しいが、なぜ難しいかといえば、理性によって隅々まで統御された世界というものは、「退屈」であるに決まっているからだ。それゆえに、社会が豊かになっても宗教を必要とする者が出てくることは、前章で説いた。

個人であっても、それまで乱れた生活を送ってきた者が、ある日、これからはきちんとした生活をしよう、と決心し、早寝早起き、酒・煙草は一切やめるか決められた量しか口にせず、無駄な出費はせず、帰りに寄り道はせず、といった生活を始めてみても、次第に襲ってくるのは、規則正しい生活の退屈さなのである。結局、それに耐えられなくなって、この人物はちょいと酒を過ごし、ちょいと無駄な買い物をし、となり、元の木阿弥《もくあみ》になるだろう。もちろん世の中には、子供のころから規則正しい生活をしていてそれをずっと続けている、という人もいるだろうが、あらゆる人がそうである、ということはまずありえない。

理性に貫かれた理想的な社会、あるいは国家を描いてみせたのが、プラトンの『国家（共和国）』と、十六世紀英国の聖職者トマス・モアの『ユートピア』（一五一五－一六）である。モアの場合、当時の英国社会が理性を欠いていると見えたために、これへの批判として「ユートピア（どこにもない場所）」の題を冠して理性的国家像を描いてみせたのだが、現代の私たちがこれを読むと、まったく隙《すき》のない社会の有り様がひどく息苦しく見えてしまう。二十世紀になって、作家であり思想家でもあったオールダス・ハクスレーは、『すばらしい新世界』（一九三二。この題はシェイクスピアの『テンペスト』から採られた）という長編小説で、計画的に構築され理性的に運営される社会というのが、ひどく息苦しい世界になってしまう様を意図的に描いた。この種の小説はほかにもあって、特にソヴィエト連邦の成立後は、その一党独裁を風刺するためにザミャーチンの『われら』（一九二〇）が書かれ、その後スターリン独裁が成立すると、ザミャーチンの影響下、ジョージ・オーウェルの『動物農場』（一九四五）や『一九八四年』（一九四九）のような寓意、風刺小説が書かれ、これらは「ユートピア」の逆だというので「ディストピア」小説などと呼ばれている。

とはいえ、この種の風刺小説は、ソ連邦のような国家が、いわゆる資本主義のもたらす弊害から人を解放しようとして建てられたものでありながら、その実現のために代議制民主主義を否定し、一党独裁によって個々人の自由を抑圧しようとしたことを批判の対象にしているのだ。けれど、冒頭に掲げた、理性を復権させようという意思こそが、実はほとんど常に、個々人の「感情」を抑圧し、こうした管理社会を作りだしてきたのである。

たとえば、二十世紀は、「戦争の世紀」だったと言う人もいるが、二十一世紀早々に起こったイスラム原理主義組織による米国への大規模テロとその犯人追及のための米国によるアフガニスタン空爆とイラク攻撃は、戦争の世紀はまだまだ続くのではないかと人々に思わせた。それはさておいて、こうした事件が起こると、必ず「反戦」運動というものが起こるようになったのもまた二十世紀である。

確かに戦争などないほうがいいに決まっているのだが、ではまったく戦争や争いごとや諍《いさか》いのない世界というものがもし実現したとしたら、誰もが幸せになるだろうか。たとえば、戦争などしたがるのは「男」である、それというのも男は子供のころから、戦いを主題とした物語類を消費してきたからである、と言う人がいる。しかしそれが本当なら、たとえばボクシングやプロレスをなくしてしまえ、と主張すべきだろう。前者は、殺し合いではないにしても真剣な殴り合いであり、時には選手が廃人になったり死んだりすることもあるし、後者はある程度手加減しつつやっているにしても、時に流血試合になって、それを喜ぶ人もいるのだ。実のところボクシングについては、本当になくしてほしいと私は思っているのだが、ほかにもヤクザ映画のようなものが好きな人がいる。いったいこれは何なのか。

奇妙なことに、日本でヤクザ映画を支持してきたのは、学生運動の残党、あるいは反体制派だった。それにしても、暴力がいけないなら、ヤクザ映画やボクシングだって批判すべきだし、暴力的な見世物などやめるべきだろう。だがやめられないのは、そんなことをすれば退屈してしまう人々がいるからである。

帝国主義と資本制

たとえば、一神教というのが暴力的な性格を持っているのであり、キリスト教、イスラム教、ユダヤ教などが、今日の戦争につながるおおもとなのだ、と言う人がいる。しかし別に一神教とは関係なく戦争は起きている。

周知のとおり、十六世紀頃から、まずイスパニアとポルトガル、ついでオランダと英国、といった国々が、アジアへ進出してこれを市場とし、おいおい植民地化していったのが「帝国主義」と呼ばれているものだ。レーニンはこの帝国主義を「資本主義の最高発展段階」と呼んだが、帝国主義の原因となったのは、産業資本主義の発展であり、それが過剰な供給を生んだために捌《は》け口を求めて進出したのだ、というのがだいたいの通説だ。(1)

十九世紀以来、社会主義者や無政府主義者たちはこれを批判してきたが、第二次大戦後、多くの植民地は独立し、帝国主義そのものはとりあえず終わった。ところが最近、「ポストコロニアリズム」といった名目で、改めてこれを批判する作業に従事する人たちがいるのだが、どうも気になるのは、彼らの中には帝国主義の担い手たちが「悪人」であり、これを「道徳的」に糾弾すればことが済むとでも思っているらしい人たちがいることである（もっともこうした科学と道徳の関係の曖昧《あいまい》さは、マルクス－レーニン主義に付きまとっていたものだ）。

もちろん世の中には悪人と称して差し支えない人というのはいる。けれどある国家の成員がみな悪人である、ということはない。国家そのものが悪なのだということは、十九世紀のアナーキストたちが言っていたことだ（中公バックス『世界の名著　プルードン・バクーニン・クロポトキン』の勝田吉太郎と猪木正道の解説を参照せよ）。けれど、たとえば侵略戦争とか国家の版図拡大のための戦争というのは、古代からあったことだ。アケメネス朝ペルシャ、アレクサンドロスのマケドニア、そして古代ローマ、数多くのイスラム教国家、東洋でもシナの歴代王朝の多くが版図を広げようとした。しかしとりあえず十六世紀以後の版図拡大主義とでも言うべきものは、その多くが、商業的な動機に出たものである。

供給が増えたために捌け口を求めるなら、供給を減らせばいい。それができないのは、供給の機構がそれを許さないからであり、利潤追求という行為が楽しいからである。そして、過去の植民地主義を糾弾する人が、その一方で、投資だの株取引だので自分のカネを増やそうとしていたとしたら、これもだいぶおかしな話なのではないか。なぜなら個々人の、自分のカネを増やしたいという欲望こそが、めぐりめぐって侵略やら戦争やらを引き起こすのだから。もちろん中には、経済成長などなくてもいい、と言うダグラス・ラミスのような人もいて、そう言いつつ帝国主義だの軍国主義を批判するなら、これはまったく筋が通っている[2]。あるいは共産主義者が言うのならやはり筋は通っている。

たとえば、「反米」を唱える人々がいるが、日本が米国との同盟を廃棄すれば、経済は今より悪化する。で、経済状態や景気など悪化しても構わないから戦争に協力してはいけない、私は喜んで生活程度を下げよう、と言うのなら、筋は通る。あるいはまた、石原慎太郎東京都知事が、不法滞在している外国人を問題にしたのに対して抗議する人がいるが、もし不法滞在の外国人にも人権がある、と言うなら、原理的にはあらゆる経済難民を受け入れるということになるはずで、そうなればやはり日本の治安も経済もガタガタになる。ここでもまた、それでもいい、危なくて夜道が歩けなくなっても、夕飯は一汁一菜になっても、アジアの人々の人権が大切だ、と言うならいいのである。しかし新聞など見ていると、景気が悪くて何とかしなければ、とばかり書いてあって、景気などどうでもいい、人権の方が大切だ、とは言う人があまりいないのは不思議である。こうした人権派の者たちは、今こそ「贅沢《ぜいたく》は敵だ」と言うべきではないか。

しかしなぜそうまでして人は生活水準を維持したり上げたりしたがるのか。いやもちろん、高度経済成長以前の日本人とか、あるいは現代でも標準以下の暮らしを強いられている人が、生活水準を上げたい、と言うのなら分かるのだが、こんなに頻繁に海外旅行に行ったりする者たちが、生活水準を上げたいなどと言うのはなぜか。

理性の支配は退屈である

話を元に戻すと、「理性」に従うなら、まことにこの世は無駄だらけなのである。たとえば戦争の話で言えば、徳川時代というのは、二百五十年にわたって、反乱や一揆はあっても戦争らしい戦争がなかった時代である。その代わり、戦国時代のように、油商人だった斎藤道三《どうさん》が一国一城の主になったり、農民の倅《せがれ》木下藤吉郎が天下を取ったりする、ということはなかったし、鎖国だから、織豊時代の商人、呂宋《ルソン》助左衛門や納屋助四郎、あるいは武士の山田長政のように東南アジアまで足を延ばすなどということはできなかった。旅行と言えば、庶民は意味もなく旅をすることなど許されておらず、伊勢参りを口実として生涯に一度くらい許されていただけであり、江戸の町では夜になると木戸が閉まるから、夜更けて外出することもままならなかった。個々人は厳しく身分を定められていたし、庶民が出世して武士になるチャンスなどほとんどなかった。そして、平和というのはこういう社会でなければ守られないように思うのである。

たとえば豊臣秀吉の朝鮮出兵も、戦国時代が終わって不況が来るのを予防するためになされたという説もあるし、人が動けば必ず紛争があり、経済が動けばやはり諍いが起こる。つまり平和を守ろうとすれば、退屈に耐えなければならないのだ。おそらく、現代人が徳川時代に放り込まれ、仮にその時代の人間として生きることができたとしたら、退屈のあまり気が変になるだろう。もっとも、高度経済成長前までは、農漁山村には、十分退屈な生活をしている人たちがいた。

だから、徳川期的な社会から近代的な社会への変遷《へんせん》を目の当たりにした夏目漱石は、「現代日本の開化」という講演で、便利になればなるほど仕事は増え、私たちは上すべりにすべっていかなければならない、と論じたのである。ただし漱石は、西洋の開化（近代化）は内発的だが日本のそれは外から促されたものである、とも言っているのだが、最近では、むしろ西洋近代というものが人類史の中で例外的なものだというのが通説になりつつある。しかしそう言って西洋近代を批判する人たちが、これまた、では近代的な諸設備、病院とか学校とか鉄道とかいったものを捨て去れるのかというと、ヤマギシズムのような一部の宗教コミューン以外はほとんどそんなことはできずにいる。それどころか中には、飛行機に乗って世界各地を飛び回りながら、近代文明の害悪を説き、エコロジーを説いていたりする者もある。笑止千万である。まず自分から「帰農」でもしたらどうなのか。徳川日本も、十八世紀になると商品経済が農村部にも侵入してきて、それが農村の循環的なシステムに大きな打撃を与えていたが、これを批判して、男女の一夫一婦制からなる、農業を基本とし、誰もが耕す（直耕の）世界を理想化したのが、秋田八戸《はちのへ》の思想家安藤昌益《しょうえき》である。(3)

さて、今でこそ、徳川期の鎖国政策が「パックス・トクガワーナ」と言われる平和をもたらしたという評価が広がったが、三十年ほど前に芳賀徹や小堀桂一郎が鎖国の再評価をする前は、和辻哲郎が『鎖国』という著書の副題に掲げた「日本の悲劇」という否定的評価が一般的だった。(4)もっとも和辻は、鎖国のメリットとデメリットをこの書物で秤量《ひょうりょう》したわけではなく、この本は、ポルトガルのエンリケ航海王に始まる大航海時代と、それが日本に与えた影響の歴史記述に過ぎず、和辻はひたすら、エンリケ航海王の精神を讃えていたのだが、『大東亜戦争肯定論』（夏目書房）の林房雄、いな、戦前のアジア主義者たる大川周明らに言わせるなら、そのエンリケ航海王の精神こそが、西洋の覇権《はけん》を許し、アジア侵略の基となったのだということになるだろう。

エンリケ航海王の精神とは、何か。それはいわば、自分が生きている世界の、果てを見てみたいという精神である。いや、そう仮定してみよう。それ以前は、そもそも航海術が文明諸国では未熟だったため、明《みん》の永楽帝の命による宦官《かんがん》・鄭和《ていわ》の大航海のような例を除けば、せいぜい地中海沿岸、北海沿岸、そして東アジアでは東シナ海を中心とした航海が行われていただけで、後はアレクサンドロスにせよクビライ・カンにせよティムールにせよ、陸路づたいに版図を広げただけだった。そして当時の人々の世界像というものは、その頃の地図を見れば分かるように、自分の世界を中心として、その周辺は何やら茫漠としているのが普通だった。だから人々は想像力を働かせて、未知の世界に、奇妙な人々や化け物が住む世界を考え出したりしていたのである。

ところが、退屈という観点から言うならば、むしろそうした非科学的な態度のほうが、退屈せずに済んでいたとも言いうるのである。恐らく、マジェランによる世界一周によって、自分たちの住む世界の大概が分かってしまった時から、西洋人たちはその世界を隅々まで知り尽くしたいという欲望に取りつかれたのである。そして、北極や南極に人が到達した後は、宇宙である。今度は宇宙に存在する知的生命について、人々はさまざまな想像を巡らしたが、こちらはほぼ一世紀ほどで、どうやら地球外生命体は、太陽系はもちろん、銀河系にも存在しないらしいということが分かってしまったのである。その後に来るのは、本当の退屈である。

一神教こそが、対立や暴力や破壊を生むのだ、という考え方を先ほど紹介したが、これは、大規模な暴力、という意味でしかない。山際素男《やまぎわもとお》の『不可触民』（光文社知恵の森文庫)は、カースト制度が依然として生きているインドの、不可触民と言われる、四つのカーストのさらに下にいる被差別民が、どれほど残酷な差別にあっているかをレポートしたものだ。日本にも被差別民というのは存在するが、インドのそれに比べればまだまだ人間扱いを受けていると言わざるをえないほどで、中央政府が差別を禁じているにもかかわらず、広大でそこへ行くこと自体が困難なインドの各地方は、今でも地主による支配が生きており、時には警察もぐるになって被差別民の虐待を行い、些細《ささい》なことで殺してしまったりもする。あるいは持参金が少ないというので花嫁が焼かれたりもする。

山際のルポルタージュは二十年以上前のものだが、その中で、ある被差別民が、英国人からキリスト教を教えられて、初めて人間は平等だという思想を知った、と言う場面がある。インドは、いわば仏教発祥の地であり、十二世紀以来、十九世紀に英国領になるまでイスラム教王朝が支配していた。キリスト教、イスラム教、仏教のような、世界宗教と言われるものはみな、その根底に、人間は平等だという思想を持っている。いやもちろん、現実にキリスト教や仏教を国教とした国に、差別がなかったわけではない。それどころか鎌倉仏教の創始者たる日蓮などの文章の中には、差別を是認したものさえあり、浄土教系の思想も「触穢《しょくえ》」の思想を広めるのに力があった。(5)

しかし、仏教やイスラム教の浸透を許さなかったインド土着のヒンドゥー教は、カースト制度の根源であり、平等などということはこれっぽっちも考えていない。こうしてみると、一神教が暴力的だというのも疑わしいのであって、単にその暴力が戦争という形をとるか、個々人への日常的な暴力という形をとるかの違いがあるだけではないのかと思えてくる。

なぜそんなことになってしまうのか、皆で仲良く暮らせないのか、と人はいつも思う。人間というのは元来暴力的な存在なのか、と絶望する人もいるだろう。だが、結局こうした暴力は「退屈しのぎ」なのである。子供の世界の「いじめ」を考えてみても、あれは一種の「遊び」である。ホイジンガやカイヨワは、「遊び」のこうした陰湿な面を見なかった。

村田基《もとい》の近未来SF小説『フェミニズムの帝国』（ハヤカワ文庫）は、どういうわけか十年ほど前に発表されてから、正当に評価されたことのない秀作である。ここに描かれた近未来世界では、女と男の地位が逆転し、普通は男の属性とされるものが女に、女のそれが男に備わるとされている。なぜこんな社会が出来上がったのか、それを知った主人公が男の地位を復活させるための戦いに加わる、という筋である。しかしここで面白いのは、女が支配する社会には、戦争というものがなく、それどころか政治らしい政治が行われていないということだ。つまり、男女の属性は逆転していても、政治や戦争といったゲームに関心を持たないという女の属性（とされるもの）だけは女に残っている、という設定になっている。その代わり、社会には活気がない。暴力や争いごと、ないしネゴシエーションのような行動を取らない者が支配者だと、社会は活気をなくす、というアイディアが秀抜だと思う。

家事育児の退屈がフェミニズムを生む

たとえば、フェミニズムについて考えてみよう。第二次大戦後フェミニズムの狼煙《のろし》を上げたのは、一九六三年に『女性的神秘』(邦訳題『新しい女性の創造』)を出したベティ・フリーダンである。フリーダンはここで、戦後の家庭回帰の風潮の中で、大学を卒業した女たちが、家事や育児に専念しつつ、自分の力が生かされていないという不満を持っている、と言ったのである。その後も、「主婦」という存在は論争の主題であり続けていて、イタリアのダラ＝コスタは、主婦は「不払い労働」だと言うし、あるいは「自己実現」ができないという議論もある。けれど、西洋のことはいざ知らず、夫が給料をすべて主婦である妻に預けてそこから自分の小遣いも貰《もら》うという習慣のある日本では、その中から主婦の労賃は払われていると考えるべきであって、不払いとは言えない。

要するに参政権獲得後のフェミニズムは、家事や育児は「退屈」だという不満から発したのであり、「不払い労働」だの「自己実現」だのというのは、格好づけの粉飾でしかない。

もちろん私は、「退屈だ」という不満を抱いてはいけない、と言っているのではない。もっとも、子供の生育は何よりの退屈しのぎだと言ったのと矛盾しているではないか、という人もいるかもしれないが、生育の結果はそうであっても、育児の実際は、英語でいうchores、つまり退屈で大変で、充実感の乏しい仕事であることが多いのである。特に、肩代わりしてもらえる当人の母親が同居していたりしない場合は、目が離せないだけに。だが、男の側から言うならば、仕事といってもやはり退屈なルーティン・ワークであることが多いし、決して充実感があるものではなく、時にはひどい無力感に襲われることだってある、ということになるだろう。

近代社会において、人はいつも、この目標を達成すれば楽になる、いい暮らしがやってくる、と考えてきた。だが、最終的に人類の前に立ちはだかったのが、「退屈」という最後の、そして最強の敵だったのである。戦争の問題も、女性の問題も、人が退屈する動物であるという点から発しているのだ。

ところで、作家の村上龍が、むかし「才能のない連中が戦争をしたがるのである」と書いていた（『すべての男は消耗品である。』角川文庫、三六頁）。この文を読んだ時、私は何とも複雑な気分になったものである。もちろんこれは、村上龍が書いているのだから、戦争をしたがる政治家への厭味《いやみ》、程度のものではない。才能のない者が成り上がりたがる時代の趨勢《すうせい》への皮肉である。しかし、これを現実問題として受け取るなら、ナチス・ドイツや太平洋戦争初期の日本人を見れば分かるとおり、一般大衆が戦争を支持することもある。だとすると、人類の大多数は「才能のない者」である。だとすれば、三段論法によって、「人類の大多数は戦争をしたがる」という結論が導かれ、だから戦争はなくならない、これでおしまいである。

あるいは、これまで私が論じてきたような、近代化がほぼ終了した後の世界を「終わりのない日常」と呼び、それが退屈であることを論じていた宮台真司は、女子高生のようにまったりと生きろ、などと言ったり、サイファなどと言ったり、いくぶん迷走しているようだが、ある文章でこんなことを書いていた。宮台が講演したあと、質疑応答の時間に、女性が立って、自分は普通の主婦で終わりたくない、と思っている、と言ったというのだが、その時宮台は、自分と同じだ、と思ったという（『世紀末の作法』角川文庫）。自分もまた、普通の学者で終わりたくないから、こんなふうに講演をしたりして自分を癒《いや》している、というのだ。それは多分、「講演をしたり、マスコミに出たり」という意味なのだろうが、だとすると、宮台自身は、「終わりなき日常」の退屈を、「有名文化人」になることによって凌《しの》いでいるということになってしまう。

私は、『男であることの困難』（新曜社）で、有名学者であったりすることによって男性性がある程度保証されている男がフェミニズムに同調したりするのは狡《ずる》いのではないかという意味のことを書いた。たとえば二十年ほど前に、マイク・マグレディという作家が、自分が「主夫」になった顚末《てんまつ》を面白おかしく書いた本を伊丹十三が翻訳して、『主夫と生活』という題で刊行し、巻末では、主夫になるとは男にとっておちんちんをちょん切られるくらいの恐怖ではないかといった対談を落合恵子と行っていた。

もっとも、元本はそういう真面目なフェミニズム本というより、フェミニズムをからかった本だと思うのだが、それはそれとして、しかしマグレディは別に黙々と主夫をやっているわけではなく、こうして本を出してそれが翻訳されもする作家なのである。あるいはその頃だいぶフェミニズムに理解を示していた伊丹が、では主夫になって表舞台から引っ込んだかというとそんなことはなくて、その後映画監督として、夫人を主役にいくつもの評価の高い映画を撮ったのは周知の通りである。

たとえば、二〇〇一年以降の米国のアフガニスタン空爆とイラク攻撃を、ノーム・チョムスキーやスーザン・ソンタグが批判している。その批判の当否はここでは問わない。しかし、二人がそれぞれの世界における成功した知識人であるという事実は否定しようがない。エミール・デュルケームは『自殺論』（邦訳、中公文庫）で、戦争時には自殺者の数が減り、それは戦時下の国民は周囲の人々との連帯感を強め、アノミー性自殺を減らすからだと詳細に論じた。ヴィルヘルム・ライヒは『ファシズムの大衆心理』で、性的欲求不満がファシズムの根源にあると論じた。ただしこれはライヒの性中心主義の極端な現れであるからそのまま是認することのできない説だが、たとえばヴィエトナム戦争の際にも、ジョン・レノンは「ラヴ・アンド・ピース」を掲げてオノ・ヨーコと「ベッドイン」を行った。ということはこの「ラヴ」は、博愛（フィランスロピー）ではなく、性愛（エロースおよびアフロディジア）なのだろうか。とすると、そのような性愛の相手がいない者は、どうすればいいのか。

社会的名声のない多くの人々、そして性愛の相手のいない人々が、孤独と退屈を逃れようとして、「共通の敵」への攻撃を支持する時、村上やチョムスキーやソンタグやレノンの言葉は、彼らには届かない。無名の反戦運動家だっているだろう、と言う人がいるかもしれない。だがよく見てみれば、こうした「運動」家たちは、たいていその「仲間」を持っているものだ。念のために言っておけば、チョムスキーはヴィエトナム戦争時の反戦的な言動あるいはデモのために投獄されたこともあるし、職を失いそうになったこともある。

だが、十九世紀後半のフランスの歴史を見るならば、マルクスが『ルイ・ボナパルトのブリュメール十八日』で論じたように、下層プロレタリアートや農民が、ボナパルト的支配を支えたのであり、こうした人々が独裁者を求める心理は、今なお解除、解決の方法を見出しえていないのである。

(1) 生態系にその原因を求める説もある。アルフレッド・W・クロスビー『ヨーロッパ帝国主義の謎』(佐々木昭夫訳、岩波書店)。

(2) ラミス『経済成長がなければ私たちは幸せにはなれないのだろうか』(平凡社)。

(3) 谷沢永一・渡部昇一の『「広辞苑」の嘘』(光文社、絶版)は、全編いちゃもんと天皇崇拝教の押し付けに終始したトンデモ本だが、谷沢はここで安藤昌益はインチキ学者だから削除せよと言っている。別に私は『広辞苑』が特に優れた辞書だとは思っていないが、谷沢は、昌益が載っているのはカナダの外交官ハーバート・ノーマンが『忘れられた思想家』で評価を与えたからだとし、ノーマンは赤狩りにあってエジプトに逃げ、自殺した共産主義者であると、あたかも共産主義者は死ねと言わんばかり。ノーマンは若いころ共産主義に共感したことはあるが、スターリンや独ソ不可侵条約に失望してこれを離れている。逃げたのではなくエジプト大使に任命されたのである(中野利子『外交官E・H・ノーマン』新潮文庫、参照)。しかもノーマンが昌益を評価したのは、罪ある者を村落共同体で殺すのがよいという思想が出てきてスターリニズムを思わせるからだと、むちゃくちゃなことを書いている。谷沢は文学研究者として優れた人物だったが、親友開高健の死後、天皇崇拝・共産主義憎悪の狂信者と化し、かつて谷沢自身が共産党員だったころ世話になった小田切秀雄が死ぬともはやタガが外れたようである。

（4）「パックス・トクガワーナ」は芳賀の言葉だが、鎖国の評価を打ち出したのは、ケンプフェエルの日本論を紹介した小堀の『鎖国の思想』（中公新書）である。
（5）横井清『中世民衆の生活文化』（東京大学出版会）、網野善彦『蒙古襲来』（小学館文庫）等に詳しい。横井は、「えた」という言葉に「穢多」という字を宛てたのは、浄土教系の仏徒か公家であっただろうとしている（二七七頁）。

第九章　理性の過ちは理性によって乗り越えられる

真の狂気とは、今ある生に満足して、あるべき生を求めようとしないことだ。
（デール・ワッサーマン『ラ・マンチャの男』）

イデオロギーとしての森田療法

第一章でパトリシア・スパックスの本を紹介した際、スパックスが、中世の人間は世界を「あるがまま」に受け入れていた、と書いたが、これは「as given」を私が訳したものだ。「あるがまま」という言葉は、神経症の薬物を用いない治療法として大正年間に森田正馬《まさたけ》が創始した森田療法のキーワードである。第七章では、親鸞《しんらん》の教えで神経症を治療しようというグループも紹介したが、森田には、明らかに仏教の影響が見られる。森田療法は、高良《こうら》武久、鈴木知準《とものり》、岩井寛のような後継者を得て、今なお一部で根強い関心が寄せられている。退屈を考察するに当たって、この「あるがまま」をキーワードとする森田療法について、検討を加えてみたい。

まず森田療法について簡単に説明しよう。神経症患者といっても、その症状は多様だが、既に述べたように基本的にはその患者は、「不安」に取りつかれている。岩井によれば、西洋の精神医学は、このような不安を、「異物」として排除しようとしてきた。しかし森田は、人間はがんらい「死の恐怖」を始めとするさまざまな不安に晒《さら》されるべき存在であり、神経症者は、その不安にこだわり、むしろその不安を取り除こうとして「はからう」人たちだという。だから、森田療法は、この不安を「放置」することを勧める。放置して、本来自分がなすべき仕事に向かっていくように導く。そして、神経症者はもともと「生の欲望」の強い人々であり、それが「死の恐怖」によって実現を妨げられるところに神経症が発症するのだ、と説く。そして森田療法では、この「生の欲望」が正しく作動するように導くのである。そのために、臥褥《がじょく》療法などが用いられる。

いま二度ほど名前を挙げた岩井寛は精神科医で、高良の弟子で森田療法の継承者の一人だが、一九八六年五月、全身を癌《がん》に蝕《むしば》まれて逝去している。講談社現代新書の一冊として岩井の『森田療法』が刊行されたのはその三ヵ月後である。岩井は、末期癌の苦しみのなかで、失明しながら精力的に仕事を続け、編集工学研究所所長の松岡正剛に、自らの死生観を口述筆記させた。岩井の生き方とその最期のようすは、渡辺利夫の『神経症の時代』の最終章に描き出されている。岩井の『森田療法』は、最も容易に入手しやすくかつ読みやすいこの療法の入門書であろう。渡辺が書くように、森田療法はドイツ系の医学を専らとしてきた日本の医学界では長らく異端視されてきたし、この療法を採用する精神医学者は多くはない。ただこの十五年ほどの間に、日本思想の見直しのような風潮のなかで、森田療法は注目を集めつつある。(1)

神経症の症状は、強迫神経症ならばたとえば何度も手を洗わずにいられないとか、不安神経症なら激しい不安発作とか、外出できないとか、電車に乗れないとか、その他、眩暈《めまい》、心悸亢進《しんきこうしん》、震えなどの症状が出る。岩井の本には、療法の一つとして、「恐怖突入」というものが挙げられている。これは、外出ができない患者なら、敢《あ》えて外出してみるとか、電車に乗れない患者なら、恐怖に震えながらも乗ってみるとか、そういったものである。渡辺は、その著書の冒頭で、さまざまな神経症症状に次々と襲われた作家・倉田百三の例を詳しく述べているが、私が鮮明に記憶しているのは、谷崎潤一郎が『青春物語』の中で回顧している、谷崎の電車恐怖症である。

谷崎に神経症的傾向があったことはよく知られているが、谷崎ははじめ、処女作を発表したとき、思ったような評判にならないことの失意と焦燥から神経症を患った。それが数年後、大阪にいるとき再発したのである。突然、死の不安に襲われ、いても立ってもいられなくなる。そして、市電などに乗っていればすぐさま飛び降りることができるのだが、汽車に乗っていると降りることができず、ために激しい不安に苛《さいな》まれる。特に長時間停まらない急行列車がダメで、鈍行ならばなんとか我慢できる。だから谷崎は東京へ帰れなくなり、徴兵検査を受けなければならないので困る。酒を飲んでいれば不安はいくらか鎮静されるので、とうとう鈍行列車で東京まで帰った、というところで『青春物語』は終わっている。

社会心理学者の辻村明も、心臓神経症と、この「電車に乗れない」病気に罹《かか》って、森田療法を知り、脂汗《あぶらあせ》を流しながら電車に乗って仕事をこなし、神経症を克服したと書いている（『私はノイローゼに勝った』ゴマブックス）。

しかし、岩井の著書のなかで、一か所、強い引っ掛かりを覚える箇所があるのだ。それは、この「恐怖突入」について述べ、何度も繰り返し突入しているうちに、薄皮を剝《は》ぐように恐怖や不安は取れていく、と言っている部分に挿入された次のような一節だ。

　不安神経症の場合、治療過程において重要なのは、疾病《しっぺい》の原因となるストレスを十分にわきまえ、それを整理することである。たとえば男性の場合ならば、職場における環境を充分に調整し、自分が納得できるようなものにしていく努力をしなければならない。さもなければ、この状況から逃避したいという意識下の願望をもとにして不安症状を形成しているのであるから、いくら不安症状を取り去ろうと試みてもそれはむだである。何らかの形で、さまざまな不安症状をつくり出し、現実から逃避をしようと試みることになってしまう。(二一一頁)

続いて岩井は、「三十八歳で課長になったI氏」の例を挙げる。I氏は苦手なコンピューター関係の部署に配属されるが、若い社員の知識についていけず、悩んでいたとき、ちょっとしたきっかけで、電車に乗れず、外出できないという不安神経症を発症してしまう。そして、岩井の指示で上司に頼んで部署を変えてもらい、その上で「恐怖突入」を行って神経症を克服する。

さて、今引用した岩井の文章だが、森田療法に関する本はいくつもあるが、このような文章はどちらかと言えば異質である。たとえば、岩井の考えを忖度《そんたく》してであろう、渡辺はこう書いている。

複雑に錯綜する現代の社会組織のなかで生を営んでいく以上、われわれを取り巻く周辺が自分の都合のよいように振る舞ってくれることはない。しばしば敵対的な周辺をそのようなものとして認めて、いかに不条理にみえようとも周辺に自

分を積極的に適応させて生きていくことが人間としての務めである。（二〇四頁）

おそらく渡辺は気づいていないだろうが、ここで言われていることは、さきに岩井が述べたこととは全く逆である。しかしながら、渡辺が森田療法を理解していないのだとは言い切れないのは、森田療法の考え方のなかで、さきの岩井の数行の文章のほうがむしろ異質だからである。そしてこの文章が付加されるかされないかによって、「森田療法」は、その相貌《そうぼう》をがらりと変えるはずなのである。高良武久は、「神経質者も亦自己の苦痛不安を父母の教育のせいにするとか、或は遺伝のせいにするとか、又は現在の職業の不適のためであるとしてゐる間は、症状も好転しない」と書いている（『高良武久著作集Ⅱ』一一五頁）。むろん、高良が言わんとしているのは、病的に環境のせいにする人のことではあろう。だが現実に環境が悪い場合もあることを、一般に森田療法の信奉者は認めたがらない。(2)

森田療法は、主に患者の精神のメカニズムを解明して治療に当たるものである。だが現実の神経症は、往々にして外界との軋轢《あつれき》によって起ることが多い。フロイトが神経症の原因として性的な抑圧を挙げたのも、その時代の西欧の中流階級がヴィクトリア朝的な性的抑圧を道徳として持っていたからであることは、既に指摘した。しかし森田療法は、そもそもそうした社会構造に神経症の原因を見いだす立場を取っていない。それどころか、「あるがまま」というキーワードは、現実肯定的な立場へと人を導き、社会変革の意思を奪うという危険性を伴っている。岩井が紹介したＩ氏の場合、部署の異動によってとりあえずの問題は解決したが、これは比較的幸運なケースであろう。実際には部署の異動が希望どおりに行われるとは限らないし、それどころか、上司や同僚との軋轢、果ては女性の場合セクシュアル・ハラスメント、男でもアルコール・ハラスメントそのほかの単純ハラスメントや過重労働など、職場は「変革すべきかもしれない」問題に満ち満ちているし、家庭内のごたごたも神経症の原因を成すことが多い。だが、渡辺の文章などは、周囲がいかに理不尽でも、それに適応せよ、と人に迫っている。もう一段階加えると、適応できない者はダメだ、という現状肯定の最悪のイデオロギーと化すだろう。

森田療法が、宗教、特に清沢満之《きよざわまんし》による『歎異抄』再発見後の近代浄土真宗や、西田幾多郎《きたろう》哲学に近いということはしばしば指摘される。と同時に、これらの思想が、戸坂潤のいう「日本イデオロギー」的な性格を持ち、既成のシステム、要するに「体制」の肯定と、自己をそれに合わせて適応させてゆくべきことを説くものであることも指摘されている。言うまでもなく、現状肯定の思想と社会変革の思想は対立する関係にある。前者はある種の宗教に代表され、後者はたとえばマルクス主義に代表される。たとえば清沢は、こう書いている。

吾人多くは自ら他人の為に苦められる、ものと思ふ、乃ち他人は罵詈讒謗以て吾人を凌辱し、圧抑干渉以て吾人を窮迫すと為す、然れども是れ全く未達者の見解なり、何んとなれば彼の罵詈讒謗圧抑干渉が吾人を凌辱窮迫すると否とは、全く吾人の之に対する覚悟如何によるものなればなり、（中略）若し吾人にして常に自己本位の尊厳に反省し、他人の云為に対して深く慎む所あらんか、如何に他人が罵詈讒謗や圧抑干渉に力を加ふとも、決して此が為に悩乱せらる、ことなかるべし、（「吾人は他人の為に苦めらる、ものにあらず」、『清沢満之全集』第七巻、岩波書店より）

このあと、「若し我に於て此の如き云為を受けざるべからざる事実（中略）なきときは、他人は罵詈讒謗等によりて、全く不当の行為を施設したるたり、豈迷乱にあらずや、而して迷乱の人は罪悪に陥れる人なり、寧ろ之に対して哀憐を加ふべきも、決して之に対して憤怨を生ずべからざるなり、」とある。だが、この文章にはトリックがある。最初は「罵詈讒謗《ばりざんぼう》圧抑干渉」と言っていたのが、後では「圧抑干渉」が消えているからだ。「罵詈讒謗」に対して清沢の言うような態度をとるのが至当だとしても、「圧抑干渉」についてこれを放っておくという法はあるまい。

どれほど社会を変革しようとも、病気や死の苦しみから人は逃れることができない。そのことを肯定しようというのが、日本の通俗仏教、あるいは森田療法の考え方だ。近年ベストセラーになった五木寛之の『大河の一滴』や『他力』も、『歎異抄』その他の真宗系の思想に依拠しながらさまざまな事例を挙げて断片的に綴《つづ》られたエッセイ集である。もちろんイデオロギー対立の時代には、こうした現状肯定の思想は、マルクス主義的な知識人の攻撃にあったし、今でも五木はその方面からの批判ないしは冷笑を浴びている。

「死の恐怖」に関する森田療法の教えは、傾聴に値するだろう。しかしそれは、周囲の環境をも「放置」せよ、という教えではないように思う。森田療法は、神経症からの脱却の鍵を「仕事」に求める。すべき仕事をし、それに専心するとき、死の恐怖のような不安は自然に「流れる」と教える。だが、森田療法のアキレス腱は、ここにある。「仕事」に専念して死の恐怖を忘れるというやり方は、第七章で述べたとおり、人類創世以来、人々がやって来たことだと言っていいだろう。だが、ここで問題は二つある。一つは、ある人物が、自分に充実感をもたらすような仕事を見つけられなかった時、ないし、そのような仕事に就けなかった時、どうするか、という問題であり、もう一つは、さきの渡辺の文章にあるように、仕事そのものの中に不条理があった時どうするか、という問題である。

前者の問題は、自分の希望するように職業を選べるという近代に特有の問題だ。ここでは後者を問題にしよう。五木は、人生とはもともと苦しみの連続だ、と言う。そう言う時五木は、むろん病気や死の恐怖だけではなく、他人による理不尽な扱いをも含めて言っている。数多くの、人を幸福にするための社会変革思想が語られてきたにもかかわらず、人の世の不条理はなくならない。そういう諦観に、五木は達したようである。

だが、そうなのだろうか。岩井は、先に引用した一節で、環境をよりよいものに変える努力が必要だ、と書いた。これは、森田療法の中にある一傾向への、岩井なりのささやかな抵抗ではなかっただろうか。たとえば、小泉吉宏というイラストレーターの『ブッタとシッタカブッタ』というマンガのシリーズがある（メディアファクトリー）。これは「心の運転マニュアル本」と副題されて、心を楽にする方法を説いたもので、かなり売れている。題名からも窺《うかが》えるが、仏教思想をベースに、かなり森田療法に近いと思われる内容で、シリーズ第二作は『そのまんまでいいよ』と題されており、森田療法の「あるがまま」を容易に想起させる。しかし、このシリーズにも、私はかなりの現状肯定イデオロギー臭を感じる。むしろ小泉がその後出した絵本『コブタの気持ちもわかってよ』（ベネッセコーポレーション）の方が、直截《ちょくせつ》に「弱い者」の置かれた位置を描き出している。『コブタ……』の中には、たとえば主人公のコブタの述懐として、「いじめられたことをパパにはなしたら／つよくなれっていわれた／つよくなれるくらいつよかったら／ぼくはいじめられてなんかいないよ」という名台詞《めいせりふ》がある。「つよくなれ」というのは、「いじめられっ子」が変わるべきだ、という思想である。しかし、本当に変わるべきなのは、いじめっ子なのだ。

本章の冒頭に引いたセルバンテス＝ドン・キホーテは、「悪」を退治しようとする。何が「悪」か、という問題は措いて、森田療法の「あるがまま」というキーワードには、「悪」をも放置し、自分自身が「悪」を含み込んだ環境に順応すべきだ、という思想を導きかねないところがある。しかし、本当に森田療法はそのような思想なのか。たとえば、「はからい」という森田療法の用語がある。不眠症を例にとれば、不眠症患者は、雑念を取り去って眠ろうとする。これが「はからい」である。さりながら、では敢えて眠るまいとすると、それも「はからい」なのである。森田療法の初歩的な誤解に、「はからい」を捨てるべきだ、というものがある。「はからい」を捨てれば「あるがまま」になる、という考え方だ。しかし、森田は、「はからい」は捨てようとして捨てられるものではない、と言う。ではどうなるのか。はからい、はからい、はからって、はからいは自《おの》ずと「尽きる」のである。自らはからいを捨てることはできない。これが、いわば『歎異抄』の「他力」の思想に通じるのだが、実はこの「他力」の思想も多分に誤解されやすい性質を持っている。他力は、人が環境を良くしよう、楽になろうとする努力を捨てたときに現れるのではなく、そのような努力を果てしなく続け、それが尽きたときに現れるはずのものなのである(3)。

たとえば、不眠症の場合、人はまず、「眠ろう」という努力が不眠を引き起こすことに気づき、「眠ろう」と努めることをやめようとする。しかし、「眠ろうと努めまい」という努力が既に「はからい」であって、「眠る」ために「眠ろうとするのをやめる」ことは矛盾であり、「眠りたい」という意欲がある限り「眠ろうとするのをやめる」ことは実際にはできない。倉田百三の例で渡辺が書くように、眠ろうという「はからい」は、自分の意思でやめることはできず、「尽きる」のを待つしかないのである。

シェイクスピアのマクベスもまた、国王殺害後、不安に捕らわれて不眠に陥り、「はからい」を続ける。バンクォーを殺し、しかし息子のフリーアンスを取り逃がしたことで不安になり、魔女の所へ再び予言を聞きにいき、安心を得ようとする。だが、魔女の予言が当てにならないと知ったマクベスは、最後の瞬間に「はからい」が尽きる。

たとひバーナムの森がダンシネーンへやって来ようと、女に生み落されん汝《きさま》が立ち向はうと、最後の運試しをしてくれる。此通り、楯は抛《な》げ棄てる。さ、打って来い、マクダッフ、戦ひ半ばに「待て！」と呼び掛けた者は地獄へ落ちるぞ。

（坪内逍遥訳）

つまり、人は「はからい」続けるべきなのである。先に引用した渡辺の文章はその点を誤解した典型的な例だが、多くの森田療法は、環境を変えることを諦め、順応せよと説いているのではない。だが、多くの森田療法関係の書物が、そのような誤解を与える表現をしている。もし森田療法がそのようなものであれば、それは悪質なイデオロギーである。もし仕事の上で不条理な出来事があれば、人はそれと戦うべきなのである。「自分が可能な限り、目が見えなくても、耳が聞こえなくても、身体が動かなくても、〝人間としての自由〟を守り通してゆきたいのである」という文章で締めくくられる岩井の『森田療法』からは、それを読み取るべきである。

ここで、第一章冒頭で紹介した森鷗外の短編「カズイスチカ」に戻ろう。繰り返すが、主人公である医師の花房は、やはり医師である父が、行住坐臥《ぎようじゆうざが》、顔を洗うときも食事のときも、患者を診るときも、その「仕事」に専心しているのに対し、何をしていても、自分はほかにすべきことがあって今は当面これをやっているのだという感じが拭えない。そして、医学的知識の多寡にかかわらず、息子の花房が父に及ばない点は、そこにあった、と語り手は言う。これは、近代的な生の不安を早い時点で見事に捉《とら》えた一節である。ただし、前近代においても、少花房のような「前進」の意識に捉えられた人物はいたはずだ。

森田療法は、絶対安静臥褥の後に小さな作業をさせることによって、患者を老花房と同じような意識へ導こうとしている。少花房は、「前進」即ち「進歩」という意識から逃れることができず、格別面白くもない病気の患者に対すると倦怠を覚えざるをえない。それは明治期の「立身出世」のイデオロギーがもたらしたものだということもできよう。それが敗戦後の日本では「復興」という形を取り、「経済成長」を支える動力ともなった。

私たちは、スターリンやポル・ポトが、紅衛兵や連合赤軍が、より良い社会を作ろうとして酸鼻を極める虐殺や迫害という結果をもたらしてしまったのを知っている。最近ではフランス革命も、その一つに数えられることがある。

しかし、一八七〇年に、第二帝政の崩壊を受けて成立したパリ・コミューンが政府軍に破れた時には、フランス革命で数年の間に殺された以上の人数が虐殺されているし、鷗外の「カズイスチカ」が、天皇暗殺計画の山県有朋によるフレームアップで十数人が死刑になった大逆事件の直後に書かれており、鷗外が山県と繋がりを持ち、社会主義思想を研究しつつ、これに同意しなかったことを思えば、この短編には、いたずらに社会を変革しようとするな、というイデオロギー的なメッセージも読み取れるのである。そして、現代社会は、決して理想が実現された世界とは言えない。そして、モアが描くような理性に隅々まで統御された世界は、「どこにもない世界」であって、社会の全成員が理性的に行動するなどということはありえないのだ。だとすれば、「あるがまま」を言うのは早すぎないか、「退屈な理想社会」を恐れるのは早すぎないか。

　五木寛之に限らず多くの先進社会の知識人が「近代」を批判している。しかし考えてみるがよい。私たちは、近代戦争で罪のない人々が殺されるのを嘆くが、十六世紀のピサロやコルテスはアメリカの先住民を虐殺し、後にそこに移り住んだ白人たちは、アフリカ人を輸入して奴隷にすることにほとんど何の疑問も抱かなかった。ラス＝カサスのみが、これに疑問を呈し、ストウ夫人の小説が初めてこれを告発したのだ。徳川期の遊冶《ゆうや》郎《ろう》は、苛酷な勤めをしている女郎に指を切らせ、そして同時代の誰一人、このような悲惨をなくすべきだとは考えなかったのだ。

　理性が過ちを犯したとしても、それを修正できるのも、また理性なのである。中学生や高校生が荒れているなどと五木は言うが、あたりまえである。なぜなら、今の日本ではほとんど全員が高校へ、五割近くが大学へ進学する。しかし高校の教育課程を理解する能力を持つ者は多くとも全体の四割くらいしかおらず、大学の課程に至っては一割くらいだろう。理解できない授業を受けさせられていれば、おかしくなるのはあたりまえだ。十九世紀の後半、教育を充実させることによって民衆を啓蒙できると人々は信じたが、それでも初等教育を受けるのみの者が大半だった。だが、それを「近代がもたらした悪平等」と考えるのは正しくない。「全員が百点を取れる」などということを目標に掲げたりするのは、既に理性が欠如していると考えるべきなのだ。

低速度社会へ

実は私は、退屈に「慣れた」経験を持っている。二十七歳の時、カナダの西岸にあるヴァンクーヴァーへ留学したのだが、この町はひどく退屈だった。東京のように娯楽が数多くあるわけでないのはもちろん、楽しめるほどに英語ができたわけではない私は、テレビを楽しむこともできなかったし、繁華街であるダウンタウンにあるのは、日本とは違ってごく真面目な本しか置いていない書店であり、さほど豪華でもない美術館であり、まことに人まばらなデパートだった。前からこの町にいた大学院生に、この町はどう？　と訊《き》かれて、そうですねえ、と口籠《くちごも》ったら、その人は日本文学専攻で東京も知っていたので、退屈（boring）でしょ、と見抜かれてしまった。インディアナ大学のスミエ・ジョーンズ先生に手紙を書いて、この町には「洗練されたいかがわしさ」がない、と言ったら返事が来て、その通り、北米でそれがあるのはニューヨークだけです、と書いてあった。

冬になると、気温はさして下がらないのだが、毎日しととと雨が降って、憂鬱《ゆううつ》ったらなかった。そんな中で、鮫島由美子さんのCDを聞きながら無聊《ぶりよう》、徒然に耐えていた頃、湾岸戦争の勃発を知った。それは夏目漱石が描いた、あるいは遠藤周作が『留学』（新潮文庫）で描いたものに近く、私は次第に物狂おしくなっていった。発作的に、目的もなくバスに乗ってダウンタウンへ行き、寿司バーに飛び込んだりもした。テレビで『アジア・ナウ』という番組をやっていて、その頃日本ではほとんど無名だった国谷《くにや》裕子《ひろこ》さんがキャスターをしており、国谷さんの巧みな英語を、憧憬《しようけい》混じりに聞いていたのも、その時のことである。

しかし、どうあがいても仕方がないので、あがきつつも暮らしている内に、一年ほど経ったころ、いくぶんその情報量の少なさとリズムに、私は慣れていった。もちろんそれも、日本に帰ってきたら元の木阿弥《もくあみ》だったけれど。

退屈は、先進諸国共通の問題である。しかし、日本人の、退屈から逃れようとする悪あがきの凄《すさ》まじさは、世界一ではあるまいか。いったいこんなに大量の雑誌が必要なのか、いったいこんな狭い国土にこんなにクルマが必要なのか、そしてなぜ日本では東京という首都にこんなに人が集まるのか。米国のような広い土地を持つ国が、いくつもの拠点都市を持っているのとは比べられないが、ドイツやイタリア、フランス、英国でもこれほど首都に人は集まらない。英文論文を書いて参考文献表を作ると、その本の出版地を書くことになっている。しかし日本では、たいてい東京であるから、日本の文献に出版地はまず不要である。あるいは電気製品でも、西洋人ならガレージ・セールで売るようなものも、日本人はすぐ捨ててしまう。あるいは東京の町中などの宣伝のための騒音の激しさ。これは人々を活気づかせて購買意欲をかき立てようとしてのものなのだろうが、うるさすぎる。

『ラリー・フリント』という映画がある。題名は、『ハスラー』というポルノ雑誌を創刊した米国人の名で、彼が猥褻罪《わいせつざい》で訴えられて、米国憲法の表現の自由のもとに勝訴するまでを描いている。映画では誠実そうで有能な若い弁護士が最高裁で、この種の表現を規制することは社会の活力を削《そ》ぐ、という弁論を行う。映画ではこれが決め手になるのだが、さて。「社会の活力」というのは、常にいいものなのだろうか。暴走族や暴力団やフーリガンも社会の活力ではないのか。

もっと退屈な社会を作ってもいいのではないか。このまま、高度経済成長期のような、あるいはバブル経済の頃のような意欲促進型の社会行動を続けていても、人々は刺激の「無限地獄」に陥るだけである。それなら、無駄な活気促進の努力をやめて、生活レベルを下げ、不必要に動き回ることをやめ、低成長型の社会に変えて、それに慣れるようにしたほうがいい。

これまで本書は、退屈に関する普遍理論を構築しようとしてきたが、ここでは、具体的に、どのように社会を作り替えていけばよいかを提案したい。

京都議定書の目標は厳しすぎるようだが、過剰な店内の冷暖房とか商業的騒音は迷惑である。そして、自動車数を、制限すべきである。杉田聡が『クルマを捨てて歩く！』（講談社＋α新書）等で指摘しているように、自動車は現実に年間八千人という死者を出しており、自動車保険というのは唯一の、殺人を犯した者のための保険なのである。老人、病人、自動車なしでは移動が大変な地方の人々等、必要とする人のためにこそ自動車は使われるべきだし、都市部にこんなに多量の自動車は絶対、いらない。西欧では、都市部へのクルマの乗り入れを規制する動きが広まっているが、日本もこれに倣《なら》うべきだろう。煙草《たばこ》については最近やかましいが、酒については日本社会は甘すぎる。これも特定店舗での販売に切り換えるべきである。酒造会社が一つくらい潰《つぶ》れるかもしれないが、潰れてもらおう。大相撲《おおずもう》だって、昔は年二場所だったのに、今では六場所で、その間に巡業のみならず、テレビ局のついたトーナメント戦というのをやる。あれも昔は初場所後に一回だけだったのに、今ではしょっちゅうやっている。やめるべきである。

そして高校生には、携帯電話を持つことは、校則で禁じるべきである。あれこそ、不要な退屈しのぎの元凶である。さらに、テレビを観るのをもっと制限したらどうか。旅行などに頻繁に行くのもやめたらどうか。どうせ観光地など混雑しているし、盆や年末の帰省ラッシュなるものも、わざわざ疲れにいくようなものだから、やめればいいのである。

その代わり、社会や自分の周囲に、おかしな点、不条理なことがあったら、それを変えようという努力をすべきである。「退屈」を論じた教訓的な文章の多くは、自分の心持ちを変えることを勧める。自分を変えれば社会が変わるなどということを言う者もいるが、嘘である。森田療法に限らず、フロイトの精神分析も、自己を知ることを目指すものであり、社会変革の思想を蹉跌《さてつ》させるものとして働く。だが、私たちはいま一度、社会を変えてみようとするべきではないか。たとえば、自分が過剰労働だと感じたら、それを減らすよう努力してみるべきだ。何も、現代について行こうと無理な努力をする必要はない。むしろ、現代のスピード社会を変革する努力をしたほうがいい。

私は、前近代の人々は、子育てによって人生の無意味から逃れていた、と序文で述べた。しかし、先進諸国では女性の社会進出が進み、それに伴って少子化現象も起こっている。昔のように、大家族と地域共同体の中で子供を育てるのと違って、隣に誰が住んでいるかもよく分からないような都市部での子育ては、不安でもあり、退屈でもある。女はその退屈に縛りつけられねばならないのか、という人々がいる。しかし、では仕事は面白いのか。面白い、という女性キャリアがいるのは確かだが、それは彼らが才能に恵まれているからに過ぎず、そのような女性は、大学・短大卒が四割であることを考えると、全体の二割程度でしかあるまい。あらゆる女性が、仕事のほうが面白いと思うかどうか。才能ある女性に対しては、仕事と育児を両立させるための「母性保護」が必要だというのが私の持論だ。そして男であっても、才能なき八割は、つまらない仕事に神経をすり減らし、退屈しているというのが普通に考えれば出てくる結論だろう。

そして結局、ことさらな才能のない者たちにとっては、先に述べたような社会の改革も手にあまると言うほかない。長谷川三千子は、夫や子供への愛情から、家事や育児をするのが本当だ、と言っていたが、現実に愛情をもてる夫にめぐり合う女は少ない。これまた二割程度と思われる。

では残りの八割をどうするか。保守的な提言とリベラルな提言を並べてみよう。この二つは矛盾しない。前者は、無用に「共稼ぎ」こそが新しいのだといった煽動《せんどう》を行わず、育児が退屈でなくなるような環境を整える努力をすべきであるというものだ。後者はその方法の一つになるのだが、社会をヘテロソーシャルにすることである（この表現はちょっとおかしい。正確には、ヘテロソサエティーを作る、と言うべきだろう）。結婚したからといって、異性の友人との付き合いを断つ必要はない。これまでの社会は、男同士の絆《きずな》、女同士の絆でもってきたが、それを破るべきではないか。

私が、せっかく提出した「退屈」という問題に対して、さほど斬新な解決策を提示しないことに失望する読者もいるかもしれない。けれどここで私は、科学の方法論における画期的な貢献をしたカール・ポパーが一九四七年に行った講演「ユートピアと暴力」を参照して、本書を終えることにしたい。私は、ここでポパーが述べていることにまったく賛成である。ポパーは「理性的な態度こそ暴力に代りうる唯一のものだ」と言う（『推測と反駁』邦訳、法政大学出版局より）。そして自分は合理主義者であると言い、その合理主義とは、議論によって決着をつけようとする態度であり、「もしかしたら自分は相手に納得させられてしまうかもしれないという心構えをもつこと」だと述べる。そして、善き社会を作ろうとする「正真正銘の親切心から、いかに多くの人間が生きながら火あぶりにされたか」、目的を最初に定めておく「ユートピア主義」は自滅的である、と述べる。そして、言う。「抽象的な善の実現よりは、むしろ具体的な悪を除去するために努めよ。政治的手段によって幸福を確立するということをめざすな。むしろ、具体的なもろもろの悲惨な状態の除去をめざせ」と。

丸ごと全体がすっかり善なる社会といった遥けき理想を志し、この理想のために働くことによって間接的にこれらの目的を実現しようとしてはならない。この理想の心をそそる未来図に自分は支えられているのだとどれほど深く感じるにせよ、自分はこの理想の実現のために働く義務があるのだとか、この理想の美しさに他の人びとの眼を開かせるのは自分の使命であるとか、考えるな。すばらしい世界の夢が、今ここで苦しんでいる人たちの要求を、この夢に引きずり込むのを許すな。(中略)いかなる世代といえども、未来の世代のために、決して実現されぬかもしれぬ理想の幸福のために、犠牲にされてはならない。(六六五頁)

私は、何人かの有名文化人が、現代日本の状況を抽象的な原理で総括し、これに抽象的に対処させようとしていることに、危惧《きぐ》を抱いている。あるいは現代の日本に、社会の根本的な変革を目指そうとして、その夢に他人を引きずり込もうとする人々がいることを憂慮している。彼らは、「自由」とか「公正」とかいった理念を、あたかも唯一神のように信奉し、これに反対する者と議論もしようとせず、「反動」といったレッテルを貼りつける。それは人を「非国民」と呼んで排除しようとする行為と、本質的に同じものなのだ。

身の回りの小さな不条理をまず何とかしようと考えること、そして理性を働かせること、その上で、対処しようのないことがら、あるいは「退屈」については、「あるがまま」に任せるのだ。二〇〇二年一月一日の『朝日新聞』は、「スロー」な社会についての見開き特集を組んだが、日本社会はもっと速度を落とすべきである。退屈のあまり、ラディカリズムの煽動に乗ってはならない。

（1）しかし大原健士郎の『新しい森田療法』（講談社＋α新書）は、森田以後の森田学派の混乱と内紛を描いたもののように見えるし、その弟子たちの中に、森田の著作を聖典のように扱う者がいることも分かり、それが「科学」どころか一種の「カルト」であることを図らずも明らかにしている。

（2）引用したのは一九四〇年の「所謂神経衰弱の本態と患者の指導法」からである。戦後の文章で高良は、海外で、森田療法の「あるがまま」は「あきらめ」ではないかと批判されたことに触れ、「あるがまま」は、病態をあるがままにすることだ、と述べている。だが、いったん「環境」に原因を帰することの弊害を論じるや、「環境」を「生育環境」に置き換えてしまい、親の育て方が悪かったからだと言っても取り返せないことだ、と述べるばかりで、現在の環境を改善するという観点を避けている。

（3）森田療法の、薬物を用いないというやり方は私には疑問である。しかし薬物によってたちまち快癒するということもないし、不安神経症の類は、薬物を用いつつ、周囲の状況の改善を試み、治癒を焦らないことが最善の策だと私は考えている。

エピローグ

ミシェル・ウエルベックの『素粒子』(野崎歓訳、ちくま文庫)は、本国フランスではかなり、日本でも一部で話題を呼んだ長編小説だが、それは、二十世紀の「性の解放」によって却って性的な渇望を覚えるようになった男の姿を描きながら、二十一世紀はじめ、ある分子生物学上の発見によって、男女の性別をなくし、生殖行為なくして人類が存続できるようになり、性的苦悩もまたなくなり、人類は新しい種——クローン?——にとって代わられる、という話だった。面白くないこともない小説だが、よく考えるとこれはかつてフランスで流行したテイヤール=ド=シャルダンの思想——分子生物学の応用による進化論と神学の綜合——の新装版であり、性なき種とはテイヤールの言う「オメガ点」であって、フランス人のカトリシズムへのノスタルジーに訴えただけではないかと思える。

それはそれとして、この小説の結論とも言うべきものは、間違っている。男女の性別、つまりセックスというものがなくなれば、人間はより高貴な生き物になるだろうということは、これまで多くの人が考えてきたことだ。ところが、そもそも発情期のない性欲というものが、人間の退屈を紛らわすために発明されたのだとするなら、性別がなくなった時、人類は性交という最大の退屈しのぎを奪われ、ひどい退屈に苦しめられることになるはずなのだ。

岸田秀の「唯幻論」は、人間は本能が壊れてしまったので、そのままでは生殖行動をしなくなって人類が滅びてしまうから、性に関する幻想を核とする文化を作った、というものだ。ただし私は、もし本能が壊れたのなら、人類が滅びては困る、と思ったのはどの部分で思ったのか、という疑問を岸田氏に呈し、いちおうの回答を得た。この往復書簡は、岸田氏の対談集『ものぐさ性愛論』（青土社）に収められている。

しかし進化論的に順を追って考えるなら、本能はどの時点で壊れたのか。岸田は既に高等類人猿の段階で本能は壊れかけていると述べている（『性的唯幻論序説』文春新書）。となると高等類人猿のころから性に関する幻想と文化はその萌芽を見せていなければならないが、どうもその徴候は見られない。そうではなく、本能が壊れた、という表現に相当するのは、大脳化によって原生人類が「退屈」を覚えるようになった時点で起きたことであり、この退屈はまず、発情期以外にも交尾－性交を行ってそこから「快楽」を得ることによって紛らわされたと考えるべきであり、本能が壊れたから交尾－性交をしなくなる危険があったわけではない。もっともサルにとっても交尾は「快楽」であるらしいから、より正確にいえば、日常的にこの快楽を味わえるようにすることによって退屈から逃れた、ということになる。

レヴィ＝ストロースの『親族の基本構造』には、性的パートナーに飽きるという現象は大型類人猿にも見られる、という注がある（福井和美訳、青弓社、九五頁）。ここで参照されている論文は一九三一年のもので残念ながら発見できなかったし、現在のサル学がこれを裏書きしているのかどうかは知らない。だが大脳がもたらす退屈は、単にのべつ性交をする程度では追いつかなくなったのが、新石器時代以降のことで、人類が体毛をごく短くしてその裸身をあらわにし、そのことによって裸体へのファンタジーを作り上げ、セックスそのものに飽きることをも防いだ、より正確に言えば飽きるのを延期したというふうに考えるべきだろう。

＊

ところでこの数年間、私には気になっていることがある。それはオウム真理教による地下鉄サリン事件なのだが、この事件が気になっているのではなくて、この事件を論じる「評論家」たちの熱心さが気になっているのだ。事件そのものは確かに、政治的な背景があるわけではない宗教団体による無差別テロの形をとったという点でやや特殊であるし、それが日本社会に千五百年にわたって浸透してきた仏教の教義から生まれたということが驚きの対象となることも分かる。けれど、宗教というのは元来、小市民的な常識を打ち破ろうとするものであり、それが、あの時点で五十年近く平和を保ってきた国において、ああいった激発の仕方をすること自体は、あさま山荘事件やポル・ポト派による虐殺に比べても、ことさらな衝撃を受けるべきものではないと私は考えている。そのことは本文中でも触れたし、たとえば宮台真司が「オウム完全克服マニュアル」と副題を付して出した『終わりなき日常を生きろ』にしても、その処方箋《しょほうせん》である「まったりと生きる」はともかくとして、「終わりなき日常」とは「退屈」ということであって、近代的な、今日は昨日と、明日は今日と違うという、日々生活を変化させる「真正の近代」が終わりつつある現代を指しているとすれば当たっているし、既に八〇年代ころから問題になりつつあったことだ。

だが私が驚いたのは、その宮台と連続対談を行っている宮崎哲弥が、『新ゴーマニズム宣言ＳＰＥＣＩＡＬ　戦争論』（幻冬舎）を出した小林よしのりと、これを擁護した西部邁を批判した文章の最後に、「二度と過ちを繰り返させたくない」けれど、それは「大東亜戦争の過ちではなく、『オウム戦争』の過ちである」と書いたことである（『新世紀の美徳』朝日新聞社）。宮崎はそれまでに小林と、死闘とも言うべき論争を展開していたのだが、その中心主題は単なる反戦とかナショナリズムではなく、生に意味はあるか、という大問題だった。宮崎によれば、あらゆる死は犬死にであって、国家のために死ぬとか誰それのために死ぬとかいったことはありえない。生そのものが意味なのであり、オウム真理教事件とは、その生そのものの意味を見出せず、さらに意味を与えようとして起こったものだという。宮崎はこれを、ナーガールジュナの『中論』を中心とする中観《ちゆうがん》仏教から持ってきたらしい。

だが、ひとは「生に意味があるか」などという問題に、何の脈絡もなく突如としてぶつかるものだろうか。私は大学生のころ、夏休みが終わりに近づく八月末になると、妙な不安と苛立《いらだ》ちに襲われ、ふと死の恐怖に襲われたりしたものだ。それは何も「生に意味があるか」などという深遠な問題にぶつかったからではなく、退屈したからである。仏教には「業《ごう》」という概念がある。人は普通、この「業」を、色欲、金銭欲の類だと考える。しかし、生きていく上での必要最低限の金銭、ないしは通常程度の色欲が満たされることによって満足するなら、在家の者としては問題ないだろう。しかし人は往々にして、必要以上の金銭を、また最低限以上の色欲の満足を求める。それを「業が深い」という。オウム事件が「衝撃的」だった理由の一つは、一流大学を卒業して、普通に勤めていれば普通の満足が得られていたであろう者までが加わっていたことだった。それを宮崎は「生の意味をあるがままで肯定できなかった」というふうに説明しているわけだろう。だが、人がなぜ必要以上の金銭を求めたり、消費を行ったり、性欲の過剰な満足を求めて女子高生の体を買ったりするのか。ソースティン・ヴェブレンは、「有閑階級」による消費を「顕示的消費」すなわち人に見せるための消費と位置づけたし、それはそれで興味深いけれど、それでは隠れて女子高生を買ったりする理由は説明できない。

要するに、過剰な金銭欲、性欲等々は、普通の生活では退屈してしまうから生じるのだ。「生に意味を求める」のも、生が退屈だからである。人間の「業」の根源とは、欲ではないし、意味という病でもない。それは唯一巨大な大脳を持ったために負わされた「退屈」なのである。私はパスカルの箴言《しんげん》の多くを、モンテーニュの亜流としてあまり評価しないが、ただ一つ、「人間の不幸は、自分の部屋にじっとしていられないことだ」という箴言のみは、デカルトのコギトにも匹敵する発見だったと考える。

ただしその時代、多くの民衆は生活に追われ、生きることに懸命だったので、この箴言の重要性は十分に理解されてこなかったと思う。ただ、ショーペンハウアーは、その主著のなかで、このパスカルの思考を引き継いで、「もしも人間がありとあらゆる苦悩や苦悶を地獄に追い払ってしまったら、その後で天国のために残っているものは退屈だけでしかない」と述べている（『意志と表象としての世界』西尾幹二訳）。

ほとんどの先進諸国では、依然として貧困や人種問題を抱えながらも、中産階級とでも呼ぶべき階層が、いままさにパスカル－ショーペンハウアーの問題に突き当たりつつある。オウム事件は、だから、私にとっては、その種の必然性を伴った事件の一つに過ぎないのである。異常な殺人事件の類も、大人、子供を問わないいじめも、根底には退屈がある。退屈すること、それが人間を進化させた原動力であり、そして罪を犯させる源泉なのだ。「動物化」を言う論者もいるが、それは当たっていない。動物は人間ほど激しく退屈しないからである。

この数年、アカデミズムやジャーナリズムでの人々の言動を見てきた私は、あることに気づいた。彼らの中には確実に、無視しえない量をもって、「合意」を回避して意図的に他人に異を唱える者がいるということだ。合意が成立してしまえば、ジャーナリズムを賑わすための論争もなくなり、アカデミズムでは言うことがなくなる。それは一般人でも同じことだ。なぜ喧嘩をしているのか分からない夫婦というのがいる。実に些細《ささい》なことで諍《いさか》いを起こしている者がいる。毛を吹いて傷を求めるように他人のあら探しをする者がいる。それは彼らが、そうしなければ退屈してしまうからだ。私とてその例外ではない。

明治末年に益田太郎《たろうか》冠者《じゃ》が作った「かんしゃく」という新作落語がある。私は八代目桂文楽の口演を聴いたが、そこでは、会社から帰ってきた主人が、家の中のことであれこれと若い妻を叱りつける。実家に行って両親に泣きついた妻は、父親から助言を受けて、使用人を督励し、諸事万端、遺漏のないように家中を整えて主人の帰りを待っている。帰ってきた主人は、叱言《こごと》を言おうとしてもネタがないので落ちつかなくなり、「おい！　これでは俺が、怒ることができんじゃないか！」。現代日本人の多くは、この主人のようなものだ。そしてそれが、人間の最も深いところにある業なのである。

現代フランス文壇の寵児《ちようじ》とも言うべきウエルベックが、セックスの悩みがなくなれば人類は生まれ変わると考えてしまったことが、この問題が十分認識されてなかったことを証明している。性欲があるから人は苦しむのではない。退屈という本当の苦しみから逃れるために、ヒトは性欲というものを発明したのだ。すべては、ここから、考え直されなければならない。

サルトルは『存在と無』の中で、自分が煙草をやめようとした時の苦しみについて語っている（第四部第二章Ⅱ）。一般に、煙草をやめるのが難しいのは、ニコチン中毒、および生活習慣の問題だとされているが、サルトルは、火が煙草を少しずつ浸食してゆくことによって自分が世界を「我有化」しようとしていたのだ、と述べている。単なる生理学的な説明より、サルトルの説明のほうがはるかに優れている。しかしもっと分かりやすく言うなら、これも「退屈」の問題なのである。喫煙者は、自分の前に無際限に広がるように見える「時間」を、煙草に火をつけ、それが燃え尽きるまでの時間を設定することによって細かに分割し、その広がりが与える苦痛を緩和しようとしているのだ。だから、単に禁煙パイポの類を銜《くわ》えることによっては煙草はやめられない。私は煙草をやめられずにいるが、というのも、もしやめることを想像すると、自分の前に煙草を吸わない平坦な時間がずっと広がっていることを意識してしまい、そのことに恐怖を覚えるからなのである。

しかし「退屈」という心的現象の重要性に気づいたショーペンハウアーは一般的に厭世《えんせい》的哲学者と見られているし、僅かにこの点に触れたハイデッガーも、希望をもたらす哲学者とは見られておらず、あと一人、不死の人間ストラルドブラグの悲惨を描いたジョナサン・スウィフトも厭世的文学者と見られている。では私も「絶望」を語ったのだろうか。そういう疑問にもここでいちおう答えておこう。第一に私は学問は「価値自由」であるべきだと思っている。第二に、学問的考察の結果が実人生に常に照応させられるべきものだとは思っていない。そして最後の章でポパーを引いて説いたように、大きな原理をもって世界を説明し、やはり大きな原理をもって世界に対応しようとするのは危険だと考えている。近代という時代は、何らかの大きな原理の現実への適用によって一挙に救いを得るという考え方に多くの人間が取りつかれた時代だった。社会主義をはじめとする社会変革の思想もそうだったが、フロイトの精神分析が流布させた、幼児期の抑圧された記憶を思い出すと一挙に神経症が快癒するといった類の物語がその最たるものである。それはほとんどホラ話の類だ。私たちがまず捨て去るべき習慣は、何らかの原理によって生や社会ががらりと変わるといった考え方なのだ。

*

本書は飽くまで「仮説」である。各学問の専門家からみればおかしな点もあるだろうし、見落としている文献の類もあることだろうから、指摘して頂ければ幸いである。「序文」になっているエッセイを書いたまま、発表の当てもなかった時、弘文堂の中村憲生さんから連絡があって、では一冊の本にしましょうということになったのは二〇〇〇年のことだったと思う。かねがね私が名著だと思っている井上章一氏の『法隆寺への精神史』の編集者と仕事ができたのは、まことに名誉なことである。

二〇〇二年四月末日

小谷野敦

いじめとオカルトと変人——文庫版あとがきにかえて、補論

『退屈論』は、五年前の著作だが、今でも特に論旨の大きな変更はない。これは、あまり議論されなかったせいでもある。近年の私の仕事は、次第に歴史実証主義的なものが中心になってきているが、これはそれとは違って大胆な仮説をたてたものだ。当時から、これを「おもしろい」と言ってくださっていたのは、青木保先生くらいで、あとはまあ、黙殺だった。しかし、そのあとがきで、私は、今や世界的人気作家の観があるフランスのミシェル・ウエルベックの『素粒子』について、これはテイヤール＝ド＝シャルダンの思想を下敷きにしたものだと書いておいたが、あとになって

ウエルベック自身がそれを認めたという。『素粒子』では、未来の人々がセックスから解放されるという状況を描いていたが、セックスは、人間の業《ごう》ともいうべき退屈を紛らわす重要な営みだという立場から、それはありえないと私は論じた。しかし、本書はフランス語はもちろん、英訳もされていないし、極東でこういう異論を唱える者がいると、ウエルベックに伝えてくれた人もいなかったようだ。

もう一つ、当時、東浩紀の『動物化するポストモダン』という新書が話題になっていたが、私はこれに対しても、動物は退屈しないから、人間の動物化などということはありえない、と書いておいた。東は日本語が読めるはずだが、これもまあ、誰も教えなかったのだろう、今にいたるまで何の返答もない。

その後、ノルウェーでベストセラーになり、あちこちで翻訳されているというラース・スヴェンセンの『退屈の小さな哲学』が翻訳されたので（集英社新書、二〇〇五）、少し覗《のぞ》いてみたが、題名どおり哲学書で、抽象的で、あまり私の関心とは結びつかなかった。

さて、本来なら、『続 退屈論』を書くべきなのだろうが、あまり反応がないと続編を書く気にもならないので、そのままである。だから、ここで補論を試みる。

退屈を紛らす重要な手段のひとつが、「いじめ」である。もちろん「いじめ」は卑劣な悪事である。それに比べたら、ゴシップなどというのは罪がない。一人の弱い者を、よってたかっていじめる。嫌なことだが、現代の先進国で「いじめ」がはびこっているのは、よく知られている。これについては、本題から少しはずれるが、「いじめ」を論じる人々の多くが、それを「子供」の問題とのみとらえているのは、ふしぎである。いじめは大人の世界にだってあることは、組織勤めをしたことのある人なら誰だって知っている。だから、いじめ問題の処方箋《しょほうせん》として、学校の制度いじりなどいくら提言しても無意味なのである。

もちろんいじめの場合、しない人はしない。だが、たとえば不二家が、賞味期限切れの原材料を使っていたというのでマスコミが盛んに叩くのは、やっぱりいじめの一種だろう。それに便乗して不二家攻撃をする人々も、広い意味でのいじめをしている。なぜなら、不二家の食品で誰かが食中毒になったわけではないからで、単にマスコミ主導のいじめなのだ。いじめは、往々にして多数による少数派の迫害になるから、実は民主主義社会ではこういうタイプのいじめは増えるはずである。逆に、禁煙ファシズムなどは、別に嫌煙家が喫煙者より多数だというわけでもないのに、マスコミが先導してどんどん煽《あお》っている。これはいわばボリシェヴィキ型のいじめである。

だが、昔に比べたら、人間はみな平等という人権思想がいきわたった先進社会では、被差別民とか女性とか黒人とか、そういう者たちの迫害はしにくくなってきた。だから禁煙ファシズムとか不二家叩きとか、相手に落ち度があるということになると一斉に攻撃するタイプのいじめになる。

それに比べると、罪のない退屈しのぎは、オカルトである。血液型占いから、占星術、その他あの手この手のオカルトが、今の先進社会に跋扈《ばっこ》している。フロイトの精神分析とかユング心理学というのもオカルトだが、前者など、長いこと知識階級にとってかっこうの退屈しのぎを提供してくれていた。今では、精神医学の世界で、精神分析など採用している者はほとんどいない。もちろん、ラカンだって同じである。あるいは中沢新一のような密教系オカルトとか、茂木健一郎の脳科学系オカルト、トランスパーソナル心理学、風水思想など、さまざまあって、実に人気がある。亡くなったユング派の河合隼雄のほか、香山リカ、斎藤環など、オカルト論客も人気がある。

私はこういうオカルトを、ここ数年間、けっこうしつこく批判してきたが、最終的に、「オカルトでも何でもいいの、あたしはそれで救われているの」と言われてしまうとどうしようもない、という問題がある。しかし、「救われている」なら、まだ何とかなるが、「あたしはそれで最高の退屈しのぎを得ているの」と言われたら、もはや返す言葉はない。何しろいじめと違って、自分ひとりで楽しんでいる分には、特に人に迷惑をかけるわけではない。「じゃあ、何か代わりになる退屈しのぎを教えてよ」と言われたら、お手上げである。

しかしここに、あまり気づかれていない、重要な退屈しのぎの術がある。私たちは、街中へ出て、ちょっと変わった人に出くわすことがある。電車の中で、自分のバッグのファスナーを開けたり閉めたり、繰り返している若い女とか、昼間から酒に酔ったおじさんとか、あるいは飲食店で店員相手に、雅子さんは努力がたりないわよ、紀子さんは立派よ、と延々と語り続ける、奇妙な帽子をかぶったおばさんとか、スーパーのレジにいるインド人にしか見えない中年婦人とか、変人を見ては、友人や家族にその話をして楽しむのである。もしこの世から、こうした変人が一切いなくなったら、私たちはさぞ退屈してしまうだろう。

このことは、よく考えてみると、そういった変人、あるいは時には狂人は、人々を退屈させないという形で、社会の役に立っている、ということを示している。いわゆる藝能の民というのは、それを職業化したものだが、やはりほんものの変人のほうが、人々はより深いところで、大きな笑いにとらえられる。

だが、もしそれが、一つの村、あるいは高校の一クラスの中にいる変人だと、それは「いじめ」に転じかねない。あるいは、街中で見た変人も、自分の周囲の人からは、そういう形でいじめに遭っているかもしれない。

しかしそれは裏面であって、町で見かけた変な人、あるいは知人の変な言動について語り合うことは、どれほど人々を退屈から救っていることかと思う。もし人々が一切、おかしな言動をしなくなったら、この世はさぞ退屈なものになってしまうだろう。

もちろん、「退屈」の先には「孤独」や「死」の問題が控えており、これらについては、それこそ汗牛充棟、数多くの書物が書かれている。果たして、退屈について考えることは、これらを考えることからの逃避なのか、それとも、やはり人は、退屈した時に、死の恐怖や孤独に直面するのか。私としては、ぜひ他の日本人に、退屈について考えてもらいたいと思っている。

小谷野敦

二〇〇七年七月

解説

野崎歓

破竹の勢いで執筆活動を続ける著者の本の中でも、これはとりわけスケールの大きな論考の書である。文庫化はまことに慶賀すべきだろう。

「『退屈学』事始め」がまず、興味津々の導入部となっている。「遊び」の意義を重視し、快楽礼讃に走りがちな昨今の論客に疑いの目を向けつつ、小谷野氏はそれらの主張の抽象性をあっさりと突き崩すような一言を吐く。「『遊びが大切だ』とか『快楽を肯定せよ』とか言われると、もうごく単純な疑問が沸いてくる、ということなのである。それはつまり、

『飽きないか』

ということなのだ。」

単行本で読んだとき、この「飽きないか」の一言でむんずと心を摑《つか》まれた。その印象は、久々に読み直してみても変わりがない。何か凶暴なまでにリアルな破壊力をもつ点において、ぼくにとっては阿部和重の『シンセミア』における「ベッチョしてっか？」と並ぶ、近年忘れがたいせりふなのである。

人間は自由だ、欲望を解放せよ、快楽は善である、といった考え方は少なくとも「近代」以降、今日にいたるまで、確かにさまざまな意匠のもとに流布され続け、いわば一種、正義の言葉とさえ化している。そうしたメッセージを発する者の表情には、どこか自己陶酔的な優越感が漂ってもいるだろう。だがたとえ欲望を解放し、快楽に酔いしれたとしても、人間、たちまち飽きがくる。そのとき、どんなカッコいい快楽主義的ナルシストをも、魔の退屈がとらえるはずだ、と著者は冷徹に見据える。とめどなく広がる享楽的風潮に冷水を浴びせる身ぶりとして、かなりのインパクトがある。だが本書が、ちょっと類書の見当たらない書物となったのは、そこから先の展開ゆえにである。

つまり、「飽きないか」の問いは反転し、人間はそもそも最初から、飽きていたのではないか、と問い直される。脳が発達し知能が高くなる過程、つまり進化の道筋において、ヒトは必然的に退屈と出会った。幻滅し、うんざりし、飽き飽きするという経験を、進化の「代償」として積まざるを得なくなったのである。そうした見取り図の上に立って、著者は「壮大な仮説」を「炸裂」させる。つまり「退屈」こそが人間をして恋愛、セックスに走らせ、物語や小説に向かわせ、多種多様な遊びに救いを求めさせ、さらには聖なるものや宗教、カルトへと没入させるのではないか、というのだ。

かくして、岸田秀の「唯幻論」の向こうを張るような壮大なビジョンが展開されていく。もちろん著者のことだから、その恐るべき博識をフル回転させて、古今東西の作家、哲学者の説を自在に引きつつ、びゅんびゅんと途切れることなく論理の矢を射掛け続ける。うかうかしていると読者はたちまちその軍門に下って、人間の文化はすべてこれ「退屈しのぎ」なり、とうわごとのように呟《つぶや》くことになる。

それでもふと、疑念が頭をもたげてこないわけではない。『性』がそもそも『退屈しのぎ』であったという生々しい真実から目を逸らす」ことなかれ、との主張だが、人間にとってセックスとは、本当に退屈しのぎの便法にすぎなかったのか、と考えるとやはりそれだけで割り切るのはむずかしい。なにしろ性的欲望には、その欲望を抱く当の本人の意思など蹂躙《じゅうりん》して暴れるような手のつけられない側面があることも確かなのだ。それを馴致《じゅんち》していくうちに、いつしか世界が退屈一色に染まってしまう、というなりゆきはあるかもしれないが、退屈を人間的エロティシズムの「起源」として措定するだけの根拠が、実証的に示されているわけではない。霊長類学の成果までをも果敢に参照した上での議論については、ぜひともサル学の専門家からの返答を聞いてみたいものだ。

起源論の科学的妥当性はともかく、退屈が重要な文化的現象であり、同時にまた文化そのものの基盤を形づくっている、という主張自体の面白さはたっぷりと味わわせてもらった。とりわけ、文学に関するくだりには唸《うな》らされる。自分の専門に引きつけていわせてもらえば、フランス文学の歴史を考える上で、「退屈」というキーワードは実に示唆《しさ》に富んでいる。日本近代文学の成立について著者が説いているような事情は、フランス文学におけるいわゆる「モデルニテ」の成立についても、そのまま当てはまってしまうのだ。

モデルニテの詩学の提唱者はボードレール。その『悪の華』の重要テーマは「憂鬱と理想」だ。憂鬱《スプリーヌ》とは退屈《アンニュイ》の縁語である。『悪の華』巻頭に掲げられた例の「読者へ」では、まさにその退屈《アンニュイ》が、あらゆる悪の親玉という位置に堂々、まつりあげられている。なにしろ退屈こそは「ひとあくびにこの世を呑み込むことも、やりかねない」ほどの恐るべき、邪《よこし》まな怪物だというのである。

「きみは知っている、読者よ、この繊細な怪物を、

――猫かぶりの読者よ、――わが同類、――わが兄弟よ！」

つまりフランス詩の近代は、退屈という怪物の確認から始まったのである。小説のほうで考えれば、何といってもスタンダールだろう。『赤と黒』において明言されているとおり、「十九世紀ほど退屈な時代はかつてなかった」という認識がスタンダールの小説を支える根本的概念だった。その退屈をいかに突破するかが、ジュリヤン・ソレル青年に課された使命なのである。スタンダールは、社交界の退屈さを事細かに描写する術を鍛え上げることで、リアリズム小説の偉大な先駆となったわけなのだ。

古くは、本書でも引用されているパスカルの、人間は一人で部屋にいることに耐えられない悲惨な存在だ、という哲学をフランス版退屈学の開祖とし、人間は自由の刑に処されている、と説くサルトルを、その伝統の二十世紀代表とする。そして本書最後で言及されているウエルベックを、いわば生粋《きっすい》の退屈主義作家としてもってきたい。『素粒子』から『ある島の可能性』に到る彼の企図は、性的欲望の廃棄による救済、というよりも、あらゆる葛藤を排した理想郷としての、いわば絶対的退屈の実現を描き出すことにあるからだ。かくして、退屈を極めるもの、文学を制す。そんな観点からのフランス文学史が、たちまちできあがってしまうではないか。

要するに、小谷野退屈論は普遍的な射程を備えているのである。フランスばかりではない。本書を核に据えて、広壮な退屈文学大全を構築することも可能だろう。夏目漱石、二葉亭四迷、チェーホフといった退屈小説の開祖、大家たちのかたわらに並べるべき作家はだれか、と考えてみるだけでも、退屈を忘れてしまいそうではないか。

さて、大いに夢見させてくれるこの唯退屈論からこぼれ落ちる存在にも、著者はきちんと目を届かせている。最後にその点を指摘しておこう。

第一に「女性」である。「全体として女のほうが『退屈』に強いのではないか、と思う」と小谷野氏は記している。重要な指摘だと思う。それこそ、科学的根拠の有無はともかくとして、直感的に正しいと感じられる指摘である。なぜ女性は退屈に強いのか。それは端的にいって、男よりも女のほうが「強い」ことの表れなのだろうか。これまた、専門家筋（？）の返答が望まれるくだりだ。

退屈論からはみ出す二番目の存在、それは「子供」である。「子供の退屈は、高が知れている」のであり、「ほんとうに恐ろしい『退屈』は、大人になってから訪れる」。これまた首肯できるところだろう。だが子供の重要さはさらに、大人に対して演じる役割のうちにある。つまり、子供こそは大人を退屈から遠ざけてくれる最大、最強のよりどころではないか。少なくともかつてはそうだったはずだ。「そう考えるほか、前近代の人間が退屈に苦しまなかった理由というのが説明できない」。子供の成長に一喜一憂して暮らしたおかげで、いにしえの社会の人々は退屈を免れていたのだと著者はいうのである。

いや、前近代ばかりではありません。いい歳をして育児に追われつつ、小谷野氏いうところの「子供、という生成変化発展するもの」の魅力にやられてしまった者としては、ついそう断言してしまいたくなる。子供相手に感じる能天気な充実感を前にしては、さしもの退屈論の毒もあまり効いてこないくらいだ。「赤ちゃん」とは「究極のおもちゃ」ではないか、といわれれば、はい、そのとおりと答えよう。育児こそは「優れた『人生への退屈』を回避するシステム」である、といわれれば、ごもっとも、というほかはない。ハンナ・アレントはかつて、聖書を引きながら語った。「わたしたちのもとに子どもが生まれた」という言葉こそは、世界に対する信仰と希望を告げる最高の表現であると（『人間の条件』）。大仰とも感じられそうなそんな文章に、深くうなずいてしまうのが親という代物である。親馬鹿相手には、あの魔法の言葉——「飽きないか」——さえ神通力を失うのではないか。

それにしても、ぼくなどの場合、子供がそれほど驚くべきものであると知ったのは、自分のところに赤ん坊がやってきてからの話である。それまでは、子育てで人生をすり減らすなぞ「前近代的」なことと思っていたかもしれない。著者は、自らが当事者となるまでもなく、「近代的」人生観の薄っぺらな一面性を軽々と見抜き、子供が大人の人生にもたらすものの大きさをずばり、摑み取っている。

知的言説の建前にまどわされず、実人生の真相を把握する直観に恵まれた者のみに書きえた書物。それがこの『退屈論』なのである。

（フランス文学者）

主要参考文献

（カッコ内年度は原書あるいは元本）


浅田彰『逃走論』ちくま文庫、一九八六（一九八四）。

葦津珍彦『永遠の維新者』葦津事務所、二〇〇五（一九七五）。

阿部公彦『モダンの近似値』松柏社、二〇〇一。

アンドレーアース・カペルラーヌス『宮廷風恋愛について』瀬谷幸男訳、南雲堂、一九九三（c一一八〇）。

伊藤整『女性に関する十二章』中公文庫、一九七四（一九五四）。

岩井寛『森田療法』講談社現代新書、一九八六。

ウィルソン、エドマンド『フィンランド駅へ』全二巻、岡本正明訳、みすず書房、一九九九（一九四〇）。

植島啓司『快楽は悪か』朝日文庫、一九九九（一九九六）。

上野千鶴子『女遊び』学陽書房、一九八八。

——・宮台真司「対談　メディア・セックス・家族」『論座』一九九八年八月号。

ヴェーバー、マックス『プロテスタンティズムの倫理と資本主義の精神』大塚久雄訳、岩波文庫、一九八九（一九〇四－五）。

——『宗教社会学』武藤一雄訳、創文社、一九七六（一九二二）。

ヴェブレン、ソースティン『有閑階級の理論』高哲男訳、ちくま学芸文庫、一九九八（一八九九）。

ウエルベック、ミシェル『素粒子』野崎歓訳、ちくま文庫、二〇〇六（一九九八）。

内田亮子『人類はどのように進化したか』勁草書房、二〇〇七。

梅原猛「笑いの構造」『梅原猛著作集　1　闇のパトス』集英社、一九八三（一九七二）。

――「余暇について」『哲学する心』講談社学術文庫、二〇〇二（一九六二）。

――『学問のすすめ』佼成出版社、一九九二（一九七九）。

榎本知郎『愛の進化――人はなぜ恋を楽しむか』どうぶつ社、一九九〇。

――『ボノボ――謎の類人猿に性と愛の進化を探る』丸善ブックス、一九九七。

大澤真幸「自由の牢獄」『アステイオン』四九号、一九九八。

大原健士郎『新しい森田療法』講談社＋α新書、二〇〇〇。

大東和重『文学の誕生――藤村から漱石へ』講談社選書メチエ、二〇〇六。

岡ノ谷一夫『小鳥の歌からヒトの言葉へ』岩波書店、二〇〇三。

小原信『退屈について』三笠書房、知的生き方文庫、一九八五（一九七三）。

カイヨワ、ロジェ『遊びと人間　増補改訂版』多田道太郎・塚崎幹夫訳、講談社学術文庫、一九九〇（一九五八）。

桂枝雀『らくごDE枝雀』ちくま文庫、一九九三（一九八三）。

河合香吏「チャムスの民俗生殖理論と性――欺かれる女たち」高畑編、一九九四。

川田順造『無文字社会の歴史』岩波現代文庫、二〇〇一（一九七六）。

川原栄峰「ハイデッガーの「退屈」説」実存思想協会編『実存思想論集Ⅳ　実存と時間』以文社、一九八九。

木村洋二「退屈論――世界の自明化と退屈の問題」『関西大学社会学部紀要』一九八七年八八号。

清沢満之「吾々は他人の為に苦めらる〻ものにあらず」『清沢満之全集　第七巻』岩波書店、二〇〇三（一九〇〇）。

――『現代語訳　清沢満之語録』今村仁司編訳、岩波現代文庫、二〇〇一。

九鬼周造『「いき」の構造』岩波文庫、一九七九（一九三〇）。

栗本慎一郎『パンツをはいたサル』現代書館、二〇〇五。

グールド、スティーヴン・ジェイ『個体発生と系統発生』仁木帝都・渡辺政隆訳、工作舎、一九八七（一九七七）。

高良武久『高良武久著作集Ⅱ　森田療法』白揚社、一九八八。

酒井潔「『退屈』の現象学」『岡山大学文学部紀要』一九八九年七号。

サベージ゠ランボー、スー『カンジ――言葉を持った天才ザル』古市剛史監修、加地永都子訳、日本放送出版協会、一九九三。

シューバルト、ヴァルター『宗教とエロス』石川実・平田達治・山本実訳、法政大学出版局、一九七五（一九四一）。

杉田聡『クルマを捨てて歩く！』講談社＋α新書、二〇〇一。

菅原和孝「狩猟採集民の母性と父性――サンの場合」高畑編、一九九四。

鈴木知準『不安の解決――ノイローゼに悩む人々の為に』池田書店、一九五六。

ダイアモンド、ジャレド『人間はどこまでチンパンジーか？』長谷川眞理子・寿一訳、新曜社、一九九三（一九九一）。

――『セックスはなぜ楽しいか』長谷川寿一訳、草思社、一九九九（一九九七）。

多田道太郎・安田武『『「いき」の構造』を読む』朝日選書、一九七九（一九七八）。

高畑由紀夫編『性の人類学――サルとヒトの接点を求めて』世界思想社、一九九四。

立花隆『アメリカ性革命報告』文春文庫、一九八四（一九七九）。

田中美知太郎「学問論」『田中美知太郎全集　第十四巻』増補版、筑摩書房、一九八七（一九六九）。

谷崎潤一郎「『門』を評す」『谷崎潤一郎全集　第二十巻』中央公論社、一九六八（一九一〇）。

――『青春物語』中公文庫、一九八四（一九三三）。

チョドロウ、ナンシー『母親業の再生産』大塚光子・大内菅子訳、新曜社、一九八一（一九七八）。

辻村明『私はノイローゼに勝った』ごま書房、ゴマブックス、一九七九。

デュルケーム、エミール『自殺論』宮島喬訳、中公文庫、一九八五（一八九七）。

ドブロリューボフ、ニコライ『オブローモフ主義とは何か？』金子幸彦訳、岩波文庫、一九七五（一八五九）。

トリリング、ライオネル『〈誠実〉と〈ほんもの〉』野島秀勝訳、法政大学出版局、一九八九（一九七二）。

中村真一郎『色好みの構造』岩波新書、一九八五。

長谷川寿一「乱婚社会の謎――チンパンジーの性生活」西田利貞・伊沢紘生・加納隆至編『サルの文化誌』平凡社、一九九一。

長谷川三千子『民主主義とは何なのか』文春新書、二〇〇一。

花咲一男『江戸の出合茶屋』三樹書房、一九九六（一九七二）。

平田オリザ『都市に祝祭はいらない』晩聲社、一九九七。

フィッシャー、ヘレン『愛はなぜ終わるのか——結婚・不倫・離婚の自然史』吉田利子訳、草思社、一九九三（一九九二）。

フィッシャー、スティーヴン・ロジャー『ことばの歴史』鈴木晶訳、研究社、二〇〇一（一九九九）。

フォン゠フランツ、マリー・ルイーゼ『永遠の少年』松代洋一、椎名恵子訳、ちくま学芸文庫、二〇〇六（一九七〇）。

フーリエ、シャルル『四運動の理論』全二巻、巖谷國士訳、現代思潮新社、二〇〇二（一八〇八）。

フリーダン、ベティ『増補　新しい女性の創造』三浦冨美子訳、大和書房、二〇〇四（一九六三）。

ブーロー、バーン&ボニー『売春の社会史』全二冊、香川檀他訳、ちくま学芸文庫、一九九六（一九八七）。

フロム、エーリッヒ『自由からの逃走』日高六郎訳、東京創元社、一九六六（一九四一）。

ベルクソン、アンリ『笑い』林達夫訳、岩波文庫、一九七六（一九〇〇）。

ホイジンガ、ヨハン『ホモ・ルーデンス』高橋英夫訳、中公文庫、一九七三（一九三八）。

ポパー、カール・ライムント「ユートピアと暴力」『推測と反駁』藤本隆志・石垣壽郎・森博訳、法政大学出版局、一九八〇（一九四七）。

前田愛『成島柳北』朝日選書、一九九〇（一九七六）。

マグレディ、マイク『主夫と生活』伊丹十三訳、学陽書房女性文庫、一九九五（一九八三）。

松沢哲郎『チンパンジーの心』岩波現代文庫、二〇〇〇（一九九一）。

マリノウスキー、ブラニスラウ『新版　未開人の性生活』泉靖一、蒲生正男、島澄訳、新泉社、一九九九（一九二六）。

マルクス、カール『ルイ・ボナパルトのブリュメール十八日』伊藤新一・北条元一訳、岩波文庫、一九五四（一八五二）。

マルクーゼ、ハーバート『エロス的文明』南博訳、紀伊國屋書店、一九五八（一九五六）。

宮崎哲弥『「自分の時代」の終わり』時事通信社、一九九八。

——『新世紀の美徳』朝日新聞社、二〇〇〇。

宮台真司『終わりなき日常を生きろ』ちくま文庫、一九九八（一九九五）。

——『世紀末の作法』角川文庫、二〇〇〇（一九九七）。

——『これが答えだ！』朝日文庫、二〇〇二（一九九八）。

村田基『フェミニズムの帝国』ハヤカワ文庫、一九九一（一九八八）。

モア、トマス『ユートピア』平井正穂訳、岩波文庫、一九五七（一五一六）。

百川敬仁『日本のエロティシズム』ちくま新書、二〇〇〇。

モリス、デズモンド『裸のサル』日高敏隆訳、角川文庫、一九七九（一九六七）。

森田正馬『神経質の本態と療法』白揚社、一九六〇（一九二八）。

モンターギュ、アシュレイ『ネオテニー――新しい人間進化論』尾本恵市・越智典子訳、どうぶつ社、一九八六（一九八一）。

山際素男『不可触民』光文社、知恵の森文庫、二〇〇〇（一九八一）。

山崎正和『不機嫌の時代』講談社学術文庫、一九八六（一九七六）。

横井清『中世民衆の生活文化』東京大学出版会、一九七五。

四方田犬彦「人は生涯にいくつの女性性器を見るか」『クリティック』冬樹社、一九八四。

ライヒ、ヴィルヘルム『ファシズムの大衆心理』全二巻、平田武靖訳、せりか書房、一九七〇（一九三三）。

レヴィ＝ストロース、クロード『野生の思考』大橋保夫訳、みすず書房、一九七六（一九六二）。

渡辺利夫『神経症の時代』学陽文庫、一九九九（一九九六）。

Fenichel, Otto. *On the Psychology of Boredom.* First Series. New York: Norton, 1953 (1934).
Phillips, Adam. *On Kissing, Tikling and Being Bored: Psychoanalytic Essays on the Unexamined Life.* Cambridge: Harvard University Press, 1993.
Spacks, Patricia Meyer. *Boredom: The Literary History of a State of Mind.* Chicago & London: University of Chicago Press, 1995.

『世紀』「退屈する」特集、一九八二年五月号。

索　引

な行

は行

ま行

や行

ら行

わ行

欧文

本書は、二〇〇二年六月、弘文堂より刊行されました。

退屈論《たいくつろん》

二〇〇七年一〇月一〇日　初版印刷
二〇〇七年一〇月二〇日　初版発行

著　者　小谷野敦《こやのあつし》

発行者　若森繁男
発行所　株式会社河出書房新社
〒一五一－〇〇五一
東京都渋谷区千駄ヶ谷二－三二－二
電話〇三－三四〇四－八六一一（編集）
〇三－三四〇四－一二〇一（営業）
http://www.kawade.co.jp/

ロゴ・表紙デザイン　粟津潔
本文フォーマット　佐々木暁
本文組版　KAWADE DTP WORKS
印刷・製本　中央精版印刷株式会社

Printed in Japan ISBN978-4-309-40871-2